琼 瑶

作 品 大 合 集

失火的天堂

琼瑶 著

作家出版社

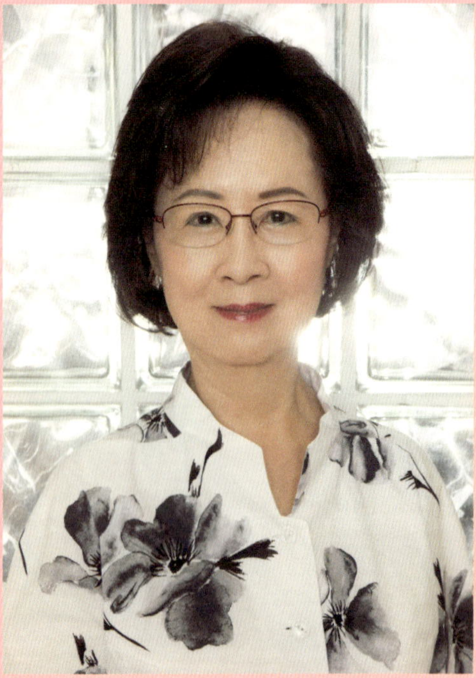

琼瑶，本名陈喆，作家、编剧、作词人、影视制作人。原籍湖南衡阳，1938年生于四川成都，1949年随父母由大陆赴台生活。16岁时以笔名心如发表小说《云影》，25岁时出版首部长篇小说《窗外》。多年来笔耕不辍，代表作包括《烟雨蒙蒙》《几度夕阳红》《彩云飞》《海鸥飞处》《心有千千结》《一帘幽梦》《在水一方》《我是一片云》《庭院深深》等。

多部作品先后改编成为电影及电视剧，琼瑶也因此步入影视产业。《六个梦》系列、《梅花三弄》系列、《还珠格格》系列等，影响至深，成为几代读者与观众共同的记忆。

琼瑶以流畅优美的文笔，编织了众多曲折动人的故事。其作品以对于梦的憧憬和爱的执着，与大众流行文化紧密结合，风靡半个多世纪，成为华文世界中极重要的文学经典。

我为爱而生，我为爱而写
文字裡度过多少春夏秋冬
文字裡留下多少青春浪漫
人世间虽然没有天长地久
故事裡火花燃烧爱也依舊

琼瑶

第一部
豌豆花

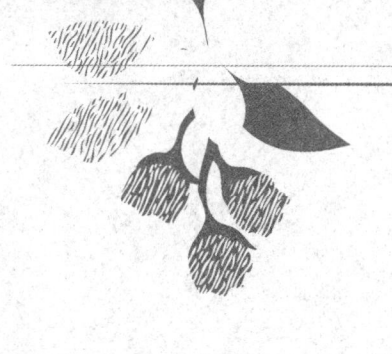

十月暮,正是豌豆花盛开的季节,窗外的小院里,开满了豌豆花,一片紫色的云雾,紫色的花蕊。

她——

这小婴儿——出生在豌豆花盛开的季节里。

第一章

一九五一年十月二十一日。台湾正笼罩在一片低气压的云层下，天空是阴暗的，气温燠热而潮湿。时序虽然已是仲秋，亚热带却无秋意。热浪侵袭下，每个人身上都是湿漉漉的汗水。

许曼亭在她那木板搭成的小屋里，已经和痛苦挣扎了足足二十个小时。小屋热得像个烤箱，许曼亭躺在床上，浑身的衣衫早被汗水湿透，连头发都像浸在水中般湿漉漉的。而新的汗水，仍然不断地、持续地从全身冒出来，从额头上大粒大粒地滚下来。

从不知道人类的体能可以容忍这么大的痛楚。许曼亭在半昏沉中想着，难道自己也曾让母亲受过这样的疼痛吗？母亲，不，这时不能想到母亲。还是去想体内那正要冲出母体的婴儿吧！孩子，快一点，快一点，快一点……求求你，不要再这样拉扯了，不要再这样撕裂了，不要再这样坠痛了……

啊！体内一阵翻天覆地的绞痛，使她再也忍不住，脱口叫出声来。无助地、哀求地、惨厉地叫出声来："啊！救我……杨腾！救我！救我！救我……"

那等待在小屋外的杨腾被这声凄厉的呼叫声整个震动了，他如同被电击般跳了起来，冲开小屋的门，他往里面冲去，嘴里喃喃地、胡乱地呼唤着："曼亭！让天惩罚我！让天惩罚我！"

他要向那张床扑过去，但是，床边正忙着的三位老妇人全惊动了，邻居阿婆立刻拦过来，抓住他就往屋外推去，嚷着说："出去！出去！女人生孩子，男人家不要看！急什么？头胎总是时间久一点的！出去！出去！稍等啦，没要紧，稍等就当阿爸啦！人家阿土婶接过几百个孩子了，不要你操心！出去等着吧！"

许曼亭的视线，透过汗水和泪水的掩盖，模糊地看着杨腾那张年轻的、轮廓很深的脸，和那对惊惶的大眼睛。他被推出去了，推出去了……她徒劳地向他伸着手，呻吟地哭泣地低喊："杨腾，不行……你走，我和你一起走！不管到什么地方！我和你一起走！"

仿佛间，又回到了战乱中。仿佛间，又回到全家老老小小都挤在火车车厢里的日子。火车中没有座位，一个车厢里挤满了人，许多陌生人混在一起，谁也照顾不了谁。车子越过原野，缓缓地、辘辘地碾过劫后的战场，车厢外的景色诡异，燃烧过的小村庄，枯芜的田垄，没有人烟的旷野，流浪觅食的野狗……"白日登山望烽火，黄昏饮马傍交河。行人刁斗风沙暗,公主琵琶幽怨多。野云万里无城郭,雨雪纷纷连大漠。胡雁哀鸣夜夜飞,胡儿眼泪双双落。闻道玉门犹被遮,应将性命逐轻车。年年战骨埋荒外,空见蒲桃入汉家。"

她倚着车窗,脑海里萦绕着《古从军行》的诗句,战争不分古今、不分中外,苍凉情景皆一样!她看着看着,泪珠潸然而下。然后,杨腾悄悄地挤近她身边,为她披上一件外衣,拭去她颊上的泪痕……她转眼看他,杨腾,是她奶妈的儿子。以"家仆"的身份随行。战乱中不分主仆,战乱中没有阶级。今日相聚,明天就可能挨上一个炸弹,让整个车厢炸成飞灰……

她看着杨腾,那大大的眼睛,深深的双眼皮,年轻而热情的脸庞,关怀而崇拜的注视……

疼痛又来了,像个巨大的浪,把她全身都卷住了。她感觉得到那小生命正在自己体内挣扎,要冲破那困住自己的黑暗,要冲进那对他仍然懵懂的世界里。好一阵强烈的坠痛,痛得她全身都痉挛起来。阿婆捉住了她的手,阿土婶和阿灶婶在一边喊着:"用力!用力!阿亭哪,用力呀!"

用力?她徒劳地在枕上转着头,痛楚已经蔓延到四肢百骸,全身几乎再也没有丝毫力气。她抽泣着,泪和着汗从眼角滚落。她拼命想用力,但是,她的呼吸开始急促,痛楚从身体深处迸裂开来,她觉得整个人都要被拆散了,她只能吸气,脑子开始昏沉,思绪开始零乱……模糊中,她听到三个老妇人在床边用闽南语低低交谈:"好像胎位不对……"

"……要烧香……"

"……羊水早就破了……"

"……会不会冲犯了神爷……"

"……外省女孩就是身子弱……"

"……要不要叫外省郎进来……"

要的!要的!她喊着,嘴里就是吐不出声音。啊,不要,不要。她想着,不要让杨腾看到她这种样子,这份狼狈。杨腾眼里的她,一向都是那么高雅的!"冰肌玉骨,自清凉无汗。"

冰肌玉骨?怎样的讽刺呢?清凉无汗?怎样可以做到清凉无汗?她摇着头,更深地吸气,更深地吸气……她的思绪又飘到了那艘载着无数乘客的某某轮上。

船在太平洋上漂着。整个船上载了将近一千人。

船舱那么小,那么挤,那么热。他们许家虽然权贵,到了这种时候,也只能多分得一个舱位。她无法待在那透不过气的船舱里,于是,她常常坐在船桥下的甲板上,夜里,她就在那儿凝视着满天星辰。

"昨夜星辰昨夜风,画楼西畔桂堂东。身无彩凤双飞翼,心有灵犀一点通……"

这是唯一的游戏。坐在那儿,望着星空背唐诗。然后,杨腾溜了过来,靠近了她坐下,用手抱着双膝。她看星星,他看她。

背唐诗不是唯一的游戏了。她的眼光从星空中落到他脸上,他的眼睛炯炯发光。他们相对注视,没有语言,只是相对注视。她知道什么是礼教,她知道什么是中国传统的"儒家教育"。但是，在这艘船上，在这茫茫无际的大海上。星星在天空璀璨，波涛在船舷扑打，海风轻柔地吹过，空气里带着咸咸的海浪的气息。而他们正远离家乡，漂向一个未知的地方。在这一刻，没有儒家，没有传统，没有礼教，没有隔阂。她深深地注视着她面前这个男孩，这个从她童年时代就常在她身边的男孩……那男孩眼中的崇拜可以绞痛她的心脏，而那烈火般的凝视又可以烧化她的矜持……他悄悄伸过手来，握住她。然后，他再挨近她，吻住了她，在那星空之下，大海之上。

一阵剧痛把她骤然痛醒，似乎自己已经昏迷过一段时间了。她张开嘴，仍然只能吸气。阿土婶用手背拍打着她的面颊，不住口地喊着："阿亭，醒来！醒来！不可以睡着！阿亭，阿亭！"

三个老妇人又在商量了。

"……不能用躺的……"

"……准备麻袋了吗？"

"……沙子，稻草……"

"……弄好了吗？就这样……"

"……来，把她搀起来……"

她们要怎样呢？她昏昏沉沉的，只是痛、痛、痛……无止尽的痛。忽然，她感到整个人被老妇人们挟持起来了，她无力挣扎，两个老妇人一边一个挟着她的手臂，把她拖离了那张床。啊，她猛烈地抽着气。阿土婶又来拍打她的面颊了："蹲下来！用力！再用力！再用力！"

不要。她想着。这是在做什么？她半跪半蹲，双腿无力地垂着。然后，像有个千斤重的坠子，忽然从她体内用力往外拉扯，似乎把她的五脏六腑一起拉出了体外，她张大嘴，狂呼出声了："啊！……"

有个小东西跌落在地上的麻袋上，麻袋下是沙子和稻草，三个老妇人齐声欢呼："生了！生了！生出来了！"

生出来了？生出来了？她的孩子？她和杨腾的孩子？被诅咒过的孩子？她勉强张开眼睛，看到的是殷红的血液……

血，殷红地流向麻袋，迅速地被麻袋下的沙子吸去……

血。是的，那天，父亲在盛怒下打了杨腾。

那时已经在台湾住下了，战争被抛在过去的时光里，新建立的家园又恢复了显赫的体系。不是火车里，不是大海上。

在结实的土地上，礼教和尊严再度统治一切。可是，青春的火焰已经燃烧，爱情没有办法掩人耳目。父亲在盛怒下打了杨腾，用手臂一般粗的棍子，打得他头破血流，殷红的血从他额头、鼻孔和嘴角涌出来，染红了他那件白汗衫。奶妈哭泣着在一边狂喊："不要打他！杀了我吧！杀了我吧！"

杨腾倒下去，又挣扎着站起来，挺立在那儿。父亲的棍子再挥下去，她挣脱了母亲和姨娘们的手臂，直扑向杨腾，哭着大叫："打死了他，我也跟着死！"

"你不要脸！"父亲怒吼，一棍打向她肩上，杨腾大惊，用手臂死命护住她。那一棍结结实实打在他手腕上。杨腾对她大喊着："别管我！你走开！走开！走开！"

"不！不！不！"她死缠住他。让父亲的棍子连她一起打进去。父亲暴怒如狂:"杨腾!你给我滚出去!滚到我永远找不到的地方去!否则我会宰了你!"

"我走!"杨腾挺立着说,"我马上就走!我再也不做你家的寄生虫!我要走到一个地方,去创造我自己的世界!我走!我马上就走!"

"杨腾,不行……"她哭喊着,"你走,我和你一起走!不管到什么地方!我和你一起走!"

"曼亭!"父亲怒吼,"你要跟他走,你就跟他一起滚!滚到地狱里去!我诅咒你!下贱卑鄙的东西!你如果跟他一起滚,你们都不得好死!你们生下的孩子,也永世不得超生……"

"不要再说了!"母亲尖叫起来,"曼亭,如果你敢跟他走,你就是杀了我了!"

奶妈走过来,直挺挺地跪在曼亭面前了:"小姐,我的好小姐,你就放了他吧!让他一个人走!我一生只生了两个儿子,大的是阿腾,小的叫阿勇。你知道吗,小姐?因为我来你家喂你奶,把刚出世的阿勇寄在农家,结果,阿勇死了,阿腾的爹变了心,另娶了。我什么都没有了,只有阿腾,你让他走吧!小姐,阿腾配不上你,你是念过书的大家小姐,他是做粗活的乡下孩子!你跟了他,也不会幸福!""奶妈,奶妈!"曼亭哭着,也对奶妈直挺挺跪下去了。

"我跟你说,我从不知道阿勇的事,现在我知道了!一切算是命中注定吧,我们许家欠你一条命,我这条命,就豁出去跟了阿腾了!你别再说,别再说了!是我自愿的!是我甘

9

愿的！受苦受难受诅咒，都是我甘愿的！"

杨腾依然挺立在那儿，听到这里，他闭上眼睛，泪珠和着额上的血，沿颊滚落。他用手摸索着曼亭的头发，哑声说："你好傻！你好傻！你好傻！"

"滚！"父亲狂叫，"不要在我面前让我看着恶心，我有五个女儿六个儿子，少了你一个根本不算什么！你给我马上滚！"

"不要！"母亲也跪下了，对父亲跪下了，"你饶了她吧！她才十九岁，不懂事呀！"

于是，父亲那三个姨娘也跪下了，她的四个姐妹也跪下了。那天，是一九五〇年的夏天，许家那日式房子的大花园里，就这样黑压压地跪了一院子的人。

"……咕哇，哇，咕哇……咕哇……"

一阵婴儿的啼哭声又把她拉回了现实。三位老妇人还在床边忙着，她已经躺回床上了，汗水仍然在流着，渗入身下的草席里。头发依旧湿答答的，浑身上下，依然分不出哪儿在痛。但是，孩子在哭呢！咕哇，咕哇，咕哇……多么动人的哭声，这是生命呢！是由她和杨腾制造的生命呢！她转侧着头，呻吟着低语："孩子……孩子……"

阿婆走近她面前，摸摸她的额，用毛巾拭去她额上的汗，用带着歉意的语气说："是个女孩子呢！不要紧，头胎生女儿，下一胎一定是个男孩！"

女孩子？她的心思漂浮着。杨腾会失望了，奶妈泉下有知，也会失望了，杨家还等着传宗接代呢！她对门口望去，杨腾似乎冲进来好多次，都被推出去了。现在，杨腾又冲进来了，他直扑到她的床前，两眼发直，眼中布满了红丝，面色紧张而苍白，他伸手摸她的手，她的面颊，她的下巴，嘴里急促地问："你好吗？你还好吗？你怎样了？你怎么白得像枝芦苇草呢！你能说话吗？你……"

"杨腾，"她微弱地、怜惜地、歉然地说，"是个女孩……对不起……是个女孩……"

他一下子就把头扑在她的枕边，他的手指强而有力地紧攥着她，他的声音从枕边压抑而痛楚地迸出来："不要说对不起！永远不许对我说对不起！是我把你拖累到这个地步，是我害你吃这么多苦，如果不是跟着我，你现在还是千金大小姐……"

"杨腾！"她衰弱地打断他，勉强地想挤出微笑，她的手指触摸着他那粗糙的掌心。她多想抬起手来，去抚摸他那粗黑浓密的头发啊！但，她的手却那么无力，无力得简直抬不起来。阿婆又过来了，端着一碗东西，她粗声地命令着："外省郎，你就让开一点，让你的女人吃点东西！柑橘麻油鸡蛋！吃了就有力气了！"

杨腾又被推开了。

一碗带着酒味、麻油味、柑橘味的东西被送到她嘴边，阿土婶和阿灶婶扶着她，强迫地把一匙黄澄澄油腻腻的食物喂进她嘴中。她才吞下去，骤然引起一阵强烈的恶心，顿时，整个胃都向外翻，她用力扑倒在床边，不让呕吐物玷污了席子。

可是，她觉得体内正有股热浪，从两腿间直涌出来……

直涌出去……直涌出去……

她的思绪又飘远了,飘远了。

第一次来到中部这个小村落的时候,她真不太相信自己会住下来。那单薄的小木屋,像一挤就会压碎的火柴盒,既挡不住风雨,也遮不了烈日。可是,杨腾在这儿,他已经在这儿工作半年了。他在这儿,这儿就该是她的家。

杨腾是在挨打后的第二天失踪的。

有好一阵子,奶妈天天哭,她也哭。许家把她软禁着,对奶妈也呼来喝去,没有好脸色。曼亭的日子变得那么难挨,姨娘们对她冷言冷语,姐妹们对她侧目而视,父亲对她怒发冲冠,而母亲却天天数落着她的"不是",和她带给家门的"羞辱"。这种日子漫长而无奈,她以为自己挨不过那个秋天和冬天了。她总想到死,总想一了百了。总想到星空之下,和大海之上的时光。

"来是空言去绝踪,月斜楼上五更钟。梦为远别啼难唤,书被催成墨未浓。蜡照半笼金翡翠,麝熏微度绣芙蓉。刘郎已恨蓬山远,更隔蓬山一万重。"

又回到背唐诗的日子,背的全是这类文句,随便拿起纸和笔,涂出的也都是"春心莫共花争发,一寸相思一寸灰"。

她以为自己终将枯竭而死了。可是,她发现奶妈不再哭泣了,不但不再哭泣,而且,常常带着抹神秘的喜悦。于是,她知道了,知道杨腾一定和他母亲取得联系了。于是,她在许多夜里,就扑伏在奶妈膝上,请求着,保证着,哭诉着,央告着……于是,有一天,奶妈带着她一起离家私逃了,她们来到了这个小村落，投奔了正在当矿工的杨腾。

这个小村落是因为瑞祥煤矿而存在的，所有的男人都在矿里工作，所有的女人都在院子里种花椰菜、种豌豆、种葱、种各种蔬菜，或养鸡鸭来贴补家用。忽然间，唐诗完全没有用了，忽然间，孔子孟子四书五经宋词元曲都成为历史的陈迹。她的"过去"一下子就消失得无影无踪，新的世界里只有杨腾、奶妈和满园的花椰菜、满园的豌豆……她学习着适应，冬天，皮肤被冷风冻得发紫，夏天，又被阳光炙烤得红肿……她没有抱怨过，甚至没有后悔，她只是不知不觉地衰弱下去。

奶妈是春天去世的，那时，曼亭刚刚知道怀了孕，奶妈临终时是含着笑的："亭亭，"她唤着她的乳名，"给杨家生个儿子！生个男孩子，杨家等着他传宗接代！"

"咕哇……咕哇……咕哇……"

孩子在哭着。女孩子？为什么偏偏是女孩子？

曼亭在枕上转着头，室内三个老妇人的声音嗡嗡地响着，像来自遥远的深谷："……不许碰水缸！产妇流血不停，不能碰水缸……"

"……抓起她的头发，把她架起来……"

又有人把她架起来了，她全身软绵绵的，头发被拉扯着，痛、痛、痛。最后，她仍然躺下去了。室内似乎乱成了一团。

"……念经吧！阿婆，快去买香！"

"……外省郎，烧香吧，烧了香绕着房子走，把你的女人唤回来……"

"……到神桌下面去跪吧……"

"咕哇……咕哇……咕哇……"

孩子在哭着。怎么了？难道她要死了吗？曼亭努力要集中自己涣散的神志。不行，孩子要她呢！不行，她不要死，她要带孩子，她还要帮杨腾生第二胎，她还要在杨腾带着满身煤渣回家时帮他烧洗澡水，她还要去收割蔬菜……她努力地睁开眼睛，喃喃地低唤："杨腾，杨腾，孩子，孩子……"

杨腾一下子跪在床前，他的脸色白得像纸，眼睛又红又肿，粗糙的大手握着她那纤细修长的手，他的声音沙哑粗暴而哽塞："曼亭！你不许死！你不许死！"

"呸！呸！呸！"阿婆在吐口水，"外省郎，烧香哪，烧香哪！念佛哪！"

空气里有香味，她们真的烧起香来了！有人喃喃地念起经来……而这一切，离曼亭都变得很遥远很遥远。她只觉得，那热热的液体，仍然在从她体内往外流去，带着她的生命力，往外流去，流去，流去。

"孩子，"她挣扎着说，"孩子！"

"她要看孩子！"不知是谁在嚷。

"抱给她看！外省郎，抱给她看！"

杨腾颤巍巍地接过那小东西来，那包裹得密密的、只露出小脸蛋的婴儿。他含着泪把那脆弱而纤小得让人担心的小女婴放在她枕边。她侧过头去看孩子，皱皱的皮肤，红通通的，小嘴张着，"咕哇……咕哇……"地哭着，眼睛闭着……

曼亭努力地睁大眼睛看去，那孩子有两排密密的睫毛，而且是双眼皮呢！像杨腾的大双眼皮呢！

"她……会长成……一个很……很美很美的……女孩！"

她吃力地说，微笑着，抬眼看着窗外。十月暮，正是豌豆花盛开的季节，窗外的小院里，开满了豌豆花，一片紫色的云雾，紫色的花蕊。她——这小婴儿——出生在豌豆花盛开的季节。

"豌豆花。"她低低地念叨着，"紫穗，杨紫穗！豌豆花！一朵小小的豌豆花！"

她握着杨腾的手逐渐放松了，眼睛慢慢地合拢，终于闭上了。生命力从她身体里流失了，完完全全地流走了。

"咕哇，咕哇，咕哇——"新的生命力在呐喊着。

杨腾瞪着那张床，那张并列着"生"与"死"的床。他直挺挺地跪在床前，两眼直直地瞪视着，不相信发生在面前的事实。他不动，不说话，不哭，只是直挺挺地跪在那儿。

一屋子念经诵佛的声音。

那女孩就这样来到世间。

她的母亲临终时，似乎为她取过名字，但是，对屋里每一个人而言，那名字都太深了，谁也弄不清楚是哪两个字。阿土婶曾坚持是"纸碎"或是"纸钱"之类的玩意儿，认为这女孩索走了母亲的命，所以母亲要她终身烧纸来祭祀。杨腾什么都不记得，只记得曼亭曾重复地说过："豌豆花！一朵小小的豌豆花！"

于是，她在小村落中成长，大家一直叫她"豌豆花"。

她没有名字，她的名字是"豌豆花"。

15

第二章

豌豆花出生后的三个月，杨腾几乎连正眼都没瞧过这孩子，他完全坠入失去妻子的极端悲痛中。一年之内，他母丧妻亡，他认为自己已受了天谴。每天进矿坑工作，他把煤铲一铲又一铲用力掘向岩石外，他工作得比任何人都卖力，他似乎要把全身的精力、全心的悲愤都借这煤铲掘下去，掘下去，掘下去……他成了矿场里最模范的工人。矿坑外，他是个沉默寡言、不会说笑的"外省缘投样"，"缘投"两字是闽南语，"样"是日语。翻成普通话，"缘投"勉强只能用"英俊"两个字来代替。"样"是先生的意思。杨腾始终是个漂亮的小伙子。豌豆花出世这年，他也只有二十三岁。

于是，豌豆花成了隔壁阿婆家的附属品。阿婆姓李，和儿子儿媳及四个孙儿孙女一起住。阿婆带大过自己的儿子和四个孙儿孙女，带孩子对她来说是太简单了。何况，豌豆花在月子里就与别的婴儿不同，她生来就粉妆玉琢，皮肤白里透红，随着一天天长大，她细嫩得就像朵小豌豆花。乡下孩子从没有这么细致的肌肤，她完全遗传了母亲的娇嫩，又遗传了父亲那较深刻的轮廓，双眼皮，长睫毛，乌黑的眼珠，小巧而玲珑的嘴。难怪阿婆常说："这孩子会像她阿母说的，长成个小美人！"

豌豆花不只成了李家阿婆的宝贝，她也成了李家孙女儿玉兰的宠儿。

玉兰那年刚满十八岁，是个身体健康、发育得均匀而丰腴的少女。乡下女孩一向不被重视，她的工作是帮着家里种菜喂猪，去山上砍柴，去野地找野苋菜（喂猪的食料），以及掘红薯，削红薯签。当地人总是把新鲜红薯削成签状，再晒干，存下来，随时用水煮煮就吃了。玉兰的工作永远做不完，但是，在工作的空隙中，她对豌豆花竟产生了浓厚的兴趣。她抱那孩子，逗那孩子，耐心地喂豌豆花吃米汤和蔬菜汁。孩子才两个月，就会冲着玉兰笑，那笑容天真无邪，像传教士带来的画片上的小天使。

阿婆的人生经验已多。没多久，她就发现玉兰经常抱着豌豆花去杨腾的小屋里。"让豌豆花去看阿爸。"阿婆看在眼里，却什么话都没说。女孩子长大了，有女孩子的心思，那"外省郎"可惜是外省人，别的倒也没缺点，身体强壮，工作努力，赚钱比别的工人多。而且，他能说闽南语，又相当"缘投"。

杨腾终于注意到豌豆花的存在，是豌豆花满一百天之后的事了。那天晚上，玉兰又抱着孩子来到杨腾的小屋里。孩子已会笑出声音了,而且一对眼珠,总是骨碌碌地跟着人转。

杨腾洗过了澡,坐在灯下发着呆,那些日子,他总是坐在灯下发呆。玉兰看着他摇头,把孩子放在床上,她收起杨腾的脏衣服,拿到后院的水缸下去洗。单身男人,永远有些自己做不了的事,玉兰帮杨腾洗衣或缝缝补补,早已成为自然。那晚,她去洗衣时,照例对杨腾交代过一句:"杨哎,看着豌豆花!"

玉兰称呼杨腾为"杨哎",这也是当地的一种习惯,只因为杨腾是外来的人,不是土生土长,没个小名可以由大家呼来喝去。于是,简单点儿,就只在姓的后面加个语助词来称呼了。

玉兰去洗衣服后,杨腾仍然坐在灯下发呆。

三个半月的豌豆花,虽然只靠米汤、肉汁、蔬菜汁胡乱地喂大,却长得相当健康,已经会在床上滚动、翻身。杨腾正对着窗外发怔,那夜是农历年才过没多久,天气相当凉,天上的星星多而闪亮……他的思绪漂浮在某某轮上,星空之下,曼亭正坐在船桥下望星星。

蓦然间,他听到"咚"的一响,接着是孩子"哇"的大哭声。他大惊回顾,一眼看到豌豆花已从床上跌到床下的土地上。在这刹那间,那父女连心的血缘之亲抽痛了他的心脏。

他惊跳起来,奔过去抱起那孩子。豌豆花正咧着嘴哭,他粗手粗脚地抚摸孩子的额头、手腕、腿和那细嫩的小手小脚,想找出有没有摔伤的地方。就在他的手握住孩子那小手的一瞬间,一种温暖的柔软的情绪蓦然攫住了他的心脏,像有只小手握住他的心一般,他酸痛而悸动了。同时,豌豆花因为被抱了起来,因为得到了爱抚,她居然立刻不哭了,非但不哭了,她破涕为笑了。睁大了那乌黑的眼珠,她注视着父亲,小手指握着父亲粗壮的大拇指,摇撼着,她嘴里"咿咿呀呀"地说起无人了解的语言。但,这语言显然直刺进杨腾的内心深处去,他惊愕不解,迷惑震动地陷进某种崭新的感情里。豌豆花!他那小小的豌豆花!那么稚嫩,那么娇弱,那么幼小,那么可爱……而且,那么酷似曼亭啊!

他怔住了,抱着豌豆花怔住了。

同时,玉兰听到孩子的哭声和摔跤声,她从后院里直奔了进来,急促地嚷着:"怎么了?怎么了?"

看到杨腾抱着孩子,她立刻明白孩子滚下床了。她跑过来,手上还是湿漉漉的,她伸手去摸孩子的头,因为那儿已经肿起一个大包了。孩子被她那冰冷的手指一碰,本能地缩了缩身子,杨腾注意到那个包包了。

"糟糕!"他心痛了,第一次为这小生命而心痛焦灼了。

"她摔伤了!她痛了!怎么办?怎么办?"他惶急地看着玉兰。

"不要紧的呢!"玉兰笑了。看到杨腾终于流露出的"父性",使她莫名其妙地深深感动了,"孩子都会摔跤的,我妈说,孩子越摔越长!"她揉着孩子的伤处,"擦点万金油就可以了。"

玉兰满屋子找万金油,发现屋里居然没有万金油。她摇摇头,奔回家去取了瓶万金油来,用手指把药膏轻轻抹在孩子的患处上。因为疼痛，豌豆花又开始哭了，杨腾心痛地抱紧孩子，急切地说："别弄痛她！"

"一定要上药的！"玉兰说，揉着那红肿之处，一面埋怨地看了杨腾一眼，"交给你只有几分钟，就让她摔了。真是个好阿爸啊！来，我来抱吧！她困了。"

杨腾很不情愿地松了手，让玉兰抱起豌豆花。

玉兰在床沿上坐了下来，怀抱着婴儿，轻轻地摇晃着，孩子被摇得那么舒适，不哭了。玉兰怜爱地看着孩子的脸庞，一面摇着，一面唱着一支闽南语催眠曲："婴仔婴婴困，一瞑大一寸，婴仔婴婴惜，一瞑大一尺。摇儿日落山，抱子紧紧看，团是我心肝，惊你受风寒。婴仔婴婴困，一瞑大一寸，婴仔婴婴惜，一瞑大一尺。同是一样团，哪有两心情，查埔也要疼，查某也要成（注：查埔：男孩。查某：女孩）。婴仔婴婴困，一瞑大一寸，婴仔婴婴惜，一瞑大一尺。疼是像黄金，成团消责任，养你到嫁娶，母才会放心！婴仔婴婴困，一瞑大一寸，婴仔婴婴惜，一瞑大一尺。……"

杨腾带着某种深深的感动，看着玉兰摇着孩子，听着她重复地低哼着"婴仔婴婴困，一瞑大一寸"的句子。玉兰的歌喉柔润而甜蜜。她那年轻红润的面庞贴着孩子那黑软的细发。她低着头，长发中分，扎成两条粗黑的发辫，一条垂在胸前，一条拖在背上。灯光照射着她的面颊，圆圆的脸蛋，闪着光彩的眼睛……她并不美，没有曼亭的十分之一美，但她充满了大自然的活力，充满了女性的吸引力，而且，还有一种母性的温柔。她抱着孩子的模样，是一幅感人的图画。

"婴仔婴婴困，一瞑大一寸……"

孩子已经睡着了，杨腾轻手轻脚地走过去，注视着那孩子甜甜的睡态，孩子在吮着嘴唇，合着的两排睫毛不安静地闪动着。

"她在做梦呢！"杨腾小声说。

"是啊！"玉兰小声答，抬起头来，她对杨腾微微一笑，杨腾也回了她微微一笑。这是第一次，玉兰看到杨腾对她笑。那笑容真切诚挚而令她怦然心跳。

这以后，带豌豆花似乎是玉兰的喜悦了。

玉兰不只帮杨腾带豌豆花，她也帮他洗衣，整理房间，处理菜园里的杂草，甚至于，把家里煮好的红薯饭偷送到杨腾这儿来给他吃。

"玉兰！"玉兰的妈生气了，常常直着喉咙喊，"你给我死到哪里去了？整天不见人影，也不怕人说闲话！"

"哎哟！"阿婆阻止了儿媳妇，"女孩子大了就关不住哪！让她去吧！那外省郎也够可怜的，一个大男人孤零零，怎么活呢！"

"阿母，"玉兰的妈说话了，"玉兰还是黄花闺女呢！这样下去算什么话呢？"

于是，阿婆也觉得有点不对了。三天两头地，她也常到杨腾那儿，去试探一下口气："外省郎，有没有想过给豌豆花找个妈妈呀？"

杨腾惊惶而内心绞痛了。曼亭，曼亭，你尸骨未寒呢！尽管他没念过几天书，在许家耳濡目染，和曼亭恩爱相处，

21

听也听熟了。什么"一夜夫妻百日恩",什么"在天愿作比翼鸟"。可是,如今呢?曼亭已去,生死两茫茫!他不知道要不要给豌豆花找妈妈,他只觉得内心深处,伤痛未消。

他不说话,阿婆也不深究,摇摇头,走了。阿婆是见过曼亭的,那细皮嫩肉的"水"女孩。玉兰比起曼亭来,完全是两个世界里的人了。但是,阿婆也是见过世面,经历过人生的。那"外省郎"伤口未愈,一切不如慢慢再说,时间会把他治好的!最起码,玉兰已经让杨腾会笑了,不是吗?在曼亭去后好长的一段时间里,杨腾都是个不会笑的木头人。

这样,时间一天天过去,豌豆花越来越可爱,玉兰到杨腾小屋的次数越来越多。杨腾几乎在依赖着玉兰了。从矿场回家,有孩子的咿唔声,有玉兰的笑语声,有捣衣声,有洗米声。甚至,那屋顶的袅袅炊烟,那灶里的点点火星,样样都让他有"家"的感觉。因此,当有一天晚上,玉兰哭着跑来对他说:"我妈说,我以后不可以来你这里了!徐家阿妈来跟我家提了亲,我妈要把我嫁到七堵去!男家下个月就要来相亲了!"

杨腾立刻心慌意乱了。玉兰从没有像曼亭那样,引起过他那炙热的热情,更没有让他打心坎里崇拜爱慕过。可是,这一年来,他已经习惯生活里有一个她了,如果失去她,他不知道该怎么办?孩子又怎么办?

他考虑了五天五夜。

这五天五夜中,玉兰真的不来他这儿了,只有阿婆仍然过来,把孩子抱来给他看,帮他把脏衣服收去洗。他不问阿婆什么，阿婆也不说什么。第六天收工回家，既看不见阿婆也看不见玉兰，更看不到豌豆花。他纳闷着，心里沉甸甸的。

洗了澡，他到阿婆家，阿婆迎出来说："孩子有些发热，真要命！整天哭着，不肯要我抱，她是认了人呢！只有玉兰拿她有办法！"

他走进去，天井中，玉兰抱着孩子坐在一张小板凳上，轻轻地摇着，晃着，嘴里低柔地唱着："婴仔婴婴困，一瞑大一寸。婴仔婴婴惜，一瞑大一尺……"

听到杨腾的脚步声，玉兰抬眼看他，眼中充满幽怨之色，而且，泪水很快就弥漫住那对温柔的眸子，她迅速地低下头去，两滴泪珠滴落在豌豆花的面颊上。她用手指拭去孩子脸上的泪珠，继续唱着她的催眠曲，只是，喉音变得哑哑的，颤抖的："婴仔婴婴困，一瞑大一寸，婴仔婴婴惜，一瞑大一尺。摇儿日落山，抱子紧紧看，团是我心肝，惊你受风寒……"

杨腾下了决心。

那年秋天，他娶了玉兰。豌豆花尚未满周岁。

第三章

玉兰嫁到杨家的第二年,就给杨腾生了个儿子,这对杨腾来说,实在是件值得兴奋的事。在那个时代,传宗接代的观念还十分浓厚,何况杨腾母亲临终时,还念念不忘要有个孙子。玉兰生孩子的情况和曼亭就完全不同了,早上杨腾还照旧下矿,下午回家孩子已经躺在玉兰怀抱里吃奶了。阿婆说,从开始阵痛到生产,前后不过两小时。这使杨腾又惊奇又纳闷,他永远不能了解女人生孩子的事,为什么曼亭会为生产而送了命,玉兰却像母鸡下蛋般容易。事实上,村里的女人生孩子,都是非常容易的,许多家庭里,年头一个,年尾一个,家家都拖儿带女一大群,就只有曼亭会为生产而去了。或者,正像许家老爷说的,她是被诅咒了。

杨腾的儿子满月时,小村落里也热闹了一番,杨腾虽然是"外省人",在这小村落中人缘还非常好。儿子满月,他摆酒宴请了每个村民,大家都喝得醉醺醺的,夜里一个个搀扶着大唱"丢丢铜"和"西北雨",玉兰一手抱着孩子,一手牵着豌豆花,笑吟吟地周旋在宾客之间,仿佛是世界上最幸福的女人。这次请客,用掉了杨腾整整一个月的工资,不过,没关系,他在第二个月就加倍赚了回来,他已经被升任为一个小组的工头,手下有十一个最得力的工人,他们这组工人永远可以挖掘别组两倍的矿岩。

给儿子取名字、报户口的时候,杨腾才发现豌豆花居然忘了报户口,也没有名字。这下子,让这个当父亲的人困扰极了,儿子取名叫杨光宗,让他光宗耀祖的意思。豌豆花顺便补报,出生于十月二十一日,杨腾记住这日子,只因为那天也正是曼亭去世的日子。至于名字,总不能在户籍上写名字是"豌豆花",杨腾挖空脑袋想曼亭临终时说的"纸瑞"是什么意思,就是想不明白。曼亭念了那么多书,她的境界原就不是杨腾能理解的。最后,还是玉兰说:"豌豆花的妈妈那么漂亮,豌豆花长得就像她妈,皮肤晒都晒不黑,白嫩嫩的小美人,不如就用她妈妈名字中的一个字,叫小亭或者小曼吧!"

这就是玉兰可爱的地方,她从不对死去的曼亭吃醋,相反的,每到清明或七月节,她仍然照例带着豌豆花,去曼亭坟上烧香祭拜。那坟场是矿区所有的,若干年来,小村庄上的死者都葬在那儿。因公殉职的有碑有冢,普通家属就只是黄土一堆。

这样,豌豆花托弟弟的福,终于有了自己的名字:杨小亭。不过,从没有人叫她什么"杨小亭",那只是户口名簿上的三个字而已,大家依然叫她豌豆花。

豌豆花四岁的时候,又多了个妹妹,取名叫杨光美。女孩子反正都是用"美"呀"丽"呀、"秀"呀"娟"呀这种字。

于是,杨腾的家庭"大"起来了。他们把小木屋又多盖了两间屋子,豌豆花跟弟弟睡一间,新生的女娃跟着爸爸妈妈睡,堂屋里也供上了祖宗牌位。杨腾一家五口,也像模像样地生活下来了。

这三年间,矿中只发生过一件小事,有次,有根顶柱倒下来,刚好压断了玉兰父亲的腿。

玉兰的父亲已四十多岁,说真的是不该再挖矿了,多年的矿工生涯,让他不见天日,皮肤出矿时是漆黑的,洗了澡就变得煞白煞白。这是大部分矿工的"样子"。只有杨腾,他自幼皮肤就被太阳晒成红褐色,几年矿工生涯,他虽然白了些,却仍然不失健康的光泽,他一直是个健壮的年轻人。

玉兰的父亲因公受伤,影响到阿婆整个一家人。矿主出了医药费,治好了伤。但,那条腿跛了,再也不能下矿了。矿主又拨了一笔"慰问金",事实上是"遣散费"。于是,阿婆全家决定下山,回到李家的家乡乌日去,在那儿还有些祖产田地,由乡下的兄弟们耕种着。当初,玉兰的父亲是因为矿工待遇高才来山上的。于是,玉兰和父母姐妹一一告别,阿婆拉着杨腾的手不住叮咛:"要好好待我们家玉兰呀!不能欺侮玉兰呀!当初是我做主才让玉兰嫁给你这个外省郎的!你要有良心呀!如果……如果将来矿里做不下去,就带玉兰回乌日来吧！乌日是小地方，不过总有田给你种！"

台湾的地名都怪怪的，就有地名叫"乌日"。杨腾只从玉兰口中，知道那儿是在中部某处而已。对他而言，这地方遥远得就像天边一样。阿婆离去，他也充满依依不舍之情，这些年来，阿婆对他的意义，仅次于"母亲"。于是，紧握着阿婆粗糙的手，他郑重而诚恳地许诺："你放心，阿婆，我会好好待她的！一定的！你放心！我从没有亏待过玉兰，是不是？"

这倒是真话。小村落里夫妻吵架是家常便饭。尤其矿工们的脾气，由于工作苦，又长居地层下，出矿后就都成了"老大"。拿老婆当出气筒，拳打脚踢的大有人在。只有杨腾，对玉兰总是和和气气的，别说打架，连吵架也没吵过。村里其他的女人，对玉兰都羡慕得什么似的，说她命好，才嫁了个又肯做事、又"缘投"、又体贴的年轻人。也因此，那些年来上山做工的"外省人"，都特别受到本省女孩的青睐。

就这样，玉兰和娘家依依话别了。李家刚搬走那些日子，玉兰常常背着杨腾掉眼泪。四岁大的豌豆花，生来一副多情易感的性格，每次看到玉兰掉眼泪，她就用柔软的小胳膊，紧紧地抱着玉兰的脖子，陪着她掉眼泪。每次都弄得玉兰情不自禁地拥住她，吻着她那娇嫩的脖子说："小心肝哪！"

是的，豌豆花一直是杨腾和玉兰的小心肝，即使玉兰又生了光宗光美，豌豆花的地位仍旧高于弟妹。因为，她始终是那么洁白、柔软，而带着某种与生俱来的高贵。她和全村所有的孩子都不同。尤其，她有颗极温暖、善良的心。不到五岁,她就懂得每天黎明即起,当父亲下矿时,她必定陪着父亲走到坑口,她的小手紧紧攥着杨腾的手,等到杨腾放松她,她就会用胳膊勾下父亲的脖子来,在他耳边低低地说一句:"爸爸,你要好小心好小心喔!"

她一直记得玉兰父亲受伤被抬出来的景象,她有绝佳的、令人惊讶的记忆力。杨腾下坑前,总是回头对她挥手微笑,她就那样站在那儿,小小的身子,带着种公主似的气质,微笑着,初升的阳光,闪耀在她乌黑的头发上,闪耀在她黑亮的眸子里,闪耀在她白润的面颊上……把她闪耀得像颗璀璨的、发光的宝石。

一九五六年。

农历七月二十日,是矿工们大拜拜的日子,他们在这一天不做工,从早上开始,每家就都准备了祭品、酒和五牲,所谓五牲,大致是五种东西,鸡、鸭、鱼、猪肉、蛋或豆腐干或水果。在很久以前,五牲应该是指五种牲口,可是,矿工们并不富裕,他们工资很高,却大都好酒好赌,因而积蓄不多。于是,五牲就变化为只要五种东西就行了,连水果、米粽、红龟(一种染成红色的面饼)都可以。大家准备了祭品,就在坑口,用运煤的台车铺上木板,连接成一大排,把祭品供奉在上面。于是,工人从午后开始,就陆续去点了香,虔诚拜拜。

他们拜的不是神,而是"好兄弟"。这"好兄弟",指的是那些罹难的前辈们,他们是忌讳讲"鬼"和"死亡"的。他们祈求"好兄弟"保佑他们,让他们每天能平安下矿,再平安出来。

瑞祥煤矿规模不算大,但也不小,总共有两百多个矿工。

全矿分为三层,第一层是大坑道,通过大坑道,有段斜坡,就进入第二层,第二层后有一段平直的地下隧道,然后再斜伸进第三层。从第二层起,大坑道就分为好多支线,称为小坑道。小坑道又被挖掘成无数更小的采矿穴,小到工人们不能直立,只能半躺半侧,用十字镐向上斜挖矿壁。坑道内虽有通风路,仍然酷热如焚,所有矿工,工作时都打赤膊,头上戴着安全帽,帽上有强光灯,电瓶用腰带绑在腰上。瑞祥煤矿的工人们是分组的,一组十人、八人或十二人……不等。

他们必须进入小坑道,再进入小矿穴。一组人中,有的用十字镐掘矿层,落下的矿岩,再由另几个人用圆锹铲入竹篓,然后把装满的竹篓拖到小坑道上的台车内,这样一车一车运到矿坑外,每组工人,以台车为单位计算工资,每个人的工资都不一样。杨腾这组工人,是成绩最好的,他们平均一个人一天可以挖一台车或更多,这是以血汗拼出来的成绩。

那年农历八月一日。

拜过"好兄弟"后仅仅只有十天。

杨腾和往日一样,带着玉兰给他准备的便当,清晨就领着他的十一个人,下了矿。下矿前,豌豆花也照例把父亲送到坑口,照例亲吻他、祝福他,照例站在那坑口,让阳光把她闪耀得像颗小钻石。杨腾进坑前,豌豆花发现父亲的帽子戴歪了,她笑着对他招招手,杨腾走回来,豌豆花说:"蹲下来！爸爸！"

杨腾蹲下来，豌豆花细心地把那帽子弄正了，又细心地把父亲帽上那根通往腰上的电线整理好。然后，用小胳膊紧紧紧紧地拥抱住杨腾的脖子，说："早些回家哦！妈妈说今天要包粽子给你吃！"

他揉揉豌豆花的头发，那孩子的头发黑而柔软，他凝视她，眼光中闪满了骄傲与爱。他悄悄说："豌豆花，我告诉你一个秘密。"

"是什么？"孩子喜悦地问，仰着充满光彩的脸。

"你是全世界最美丽最可爱的女孩！"杨腾在她耳边说，笑着。

豌豆花多么喜悦呀！她的眼睛闪闪发光，唇边充满了笑意，她娇娇地说了句："不，还有妹妹！"她小心眼中永远想着其他的人。

"是，还有妹妹。"杨腾顺着她说了句，再看她一眼，忍不住坦白地纠正了自己，"不，豌豆花，没有人可以和你相比，你是最可爱的，你是唯一的！"

杨腾乘台车下了矿，脸上仍然带着满脸宠爱、骄傲与快慰的笑。

这是豌豆花最后一次看到父亲。

那天矿里，到底是怎么引起灾变的，谁都弄不清楚。上午九点多钟，全村都听到那"轰"然一声的巨响。矿口工作的工人开始狂喊，往外奔逃，烟雾灰尘带着浓重的瓦斯味从坑口直涌出来。一声巨响后又接连爆发了好多"轰隆隆"的声音，逃出坑口的工人大喊大叫着："瓦斯爆炸！矿塌了！矿塌了！"

玉兰正在厨房里包粽子，背上背着两岁的光美。在她脚下，豌豆花手里拿着小匙喂光宗吃饭，光宗从不肯安安静静地吃完一顿饭，每餐都要追着喂上一两小时。听到爆炸声，豌豆花手里的饭碗和小匙全跌碎在地上。玉兰拔脚就奔出小屋，一眼看到，全村的妇孺都往矿口狂奔而去。豌豆花也跟着人群往矿口飞奔，嘴里仓皇、悲苦、恐惧而惊怯地狂叫着："爸爸！爸爸！爸爸！爸爸……"

小光宗满脸肉汁，赤着脚，紧拉着姐姐的裙摆，被摔在地上，他趴在那儿大哭起来。豌豆花顾不了光宗，她仍然昏乱地飞奔，狂喊着："爸爸！爸爸！爸爸……"

第二天，报纸上有这样一则新闻：瑞祥煤矿惊人惨剧，二十七矿工活埋坑底，轰然一声山崩地裂，仅仅掘出五具尸体。那五具尸体中没有杨腾，活着出来的人里也没有杨腾，受伤者也没有杨腾。他在那二十二个人之中，深陷在第三层坑道里，整个第三层坑道已完全崩塌。

第三天，报上又有一则新闻：瑞祥灾变天愁地惨，救助延搁生还无望，家属悲恸哀哀呼唤，灾祸责任宜严加调查。不管坑下生还有望无望，玉兰带着豌豆花、光宗、光美，还有上百受难家属，都苦守在坑口，看着抢救人员、警方及工程人员不断地挖掘，挖掘，挖掘……玉兰早已哭肿了眼睛，豌豆花呆呆地坐在坑口，自从灾变发生后，她始终没有离开过坑口。每当有一具尸体挖出来，她就用小手掩着脸哀鸣，

31

直到证实不是杨腾,她又闪着泪光喊:"爸爸还活着,爸爸还活着!"

一星期后,他们终于掘出了杨腾,他全身都烧成了焦炭,只有面目仍然可辨。他当然不可能还活着。豌豆花没有见到尸体,一位员警伯伯死命把她眼睛遮住抱走了。她只听到玉兰呼天抢地的大哭声:"杨腾呀!你把我们母子四个一起带走吧!一起带走吧!一起带走吧!"

第四章

接下来的两年,豌豆花整个的命运,又有了巨大的改变。

事实上,杨腾一死,豌豆花就和她的"童年"告别了。正像玉兰和她的"幸福"告别一样。

玉兰在杨腾死后,领到了一笔矿主发的抚恤金,带着这笔钱,带着三个嗷嗷待哺的孩子,她只有一条路可走……回到乌日的娘家去。

到了乌日的娘家,玉兰才发现娘家的情况复杂,四代混居,一直没分家。从伯公叔公,到伯伯叔叔,到堂兄堂弟,到再下一代,几乎有一百多口人。虽然每支都另外盖了房子,可是农村乡下,祖传下来,一共就几亩薄田,生活已是大不容易。玉兰没有谋生能力,却有三个那么小的孩子,自己也才二十出头。阿婆拥着她,只是不停地掉眼泪,掉完眼泪,就反复说着几句真心的话:"再嫁吧!找个好男人,找个肯要这三个孩子的好男人,再嫁吧!没有二十来岁的女孩就守一辈子寡的！当寡妇，你是太年轻了！听我的，玉兰，要再嫁，也要趁年轻呢！年纪大了，就没人要了！"

玉兰哭着，她忘不掉杨腾。

但是眼泪是哭不回杨腾的，哭不活杨腾的。

玉兰哭了半年多，听了好多伯母婶娘妯娌间的冷言冷语，抚恤金转眼也用掉好多，她认了命。就像杨腾当初认命再娶似的，玉兰再嫁了。

玉兰这次再嫁，并不是自己爱上的，而是完全由媒婆撮合的，对方住在乌日镇上，开个小五金店，薄有积蓄，又是外省人。或者，就是"外省人"这一点打动了玉兰吧，她总忘不掉杨腾的温和及体贴。一般本省男人都比较大男子主义，女人在家庭中根本谈不上地位。所以，玉兰再嫁，实在谈不上感情，也没经过什么深思熟虑，双方只在媒人做主下，见了两次面，对方年纪已四十岁，身材高大，瘦长脸，头顶微秃，下颌尖尖的，双颊瘦瘦的，眉毛浓浓的，眼睛深深的，看起来有点儿严峻。不过，玉兰是没资格再挑漂亮小伙子的，人家肯连三个孩子一块儿娶过去，玉兰就没什么话好说了。

豌豆花的新父亲姓鲁，名叫鲁森尧，据说命里缺木又缺土，所以取了这么个名字。他是在一九四九年跟着军队来台湾的。但他并非军人。在大陆上，据他自己说，是个大商人的儿子。不过，后来玉兰才发现，他父亲是个打铁匠，他在家乡待不住，糊糊涂涂来了台湾。来台湾后，当过几年铁匠，沿街叫卖过，由南到北流浪着，最后在乌日这种小地方勉强住下来。租了间门面只有巴掌大的小店，卖些钉子锤子剪刀门锁什么的，至于"积蓄"，天知道！连那些钉子锤子……都是赊账赊来的，另外还欠了左右邻居一屁股债。玉兰嫁过来第三天，就把自己剩下的抚恤金拿出来，帮他先还清了债。

豌豆花和光宗光美三姐弟，是在玉兰婚后一个月，才从阿婆那儿搬到鲁家去的。那时，豌豆花六岁，光宗四岁，光美才三岁。

那天，是豌豆花第一次见到鲁森尧。

豌豆花永远忘不掉那一天。事先，阿婆已经对她叮嘱了一大堆话："到了那边要听话啊，你是姐姐，要照顾着弟弟妹妹啊，听说你新阿爸脾气不太好，你要懂事啊，别让你妈伤心啊，家里的事要帮着做啊，不要招人家生气啊，管着弟弟妹妹别闯祸啊……"

她那天穿了自己最好的一身衣服，是玉兰和阿婆合作缝制的。那是初冬的季节，天气不知道怎么那么冷，她穿的是红色小花的棉布衣服和棉布裤子，弟弟妹妹也打扮得干干净净。玉兰亲自回乡下来带他们三个去镇上，豌豆花只觉得妈妈瘦了，眼睛里一直雾蒙蒙的，抿着嘴角不大说话。不过，自从父亲死后，玉兰就常常是这样了。她悄悄伸手握住玉兰的手，玉兰似乎吃了一惊似的看着她，眼睛里的雾气更重了。进入鲁家之前，玉兰才对她说了一句话："见到他，要叫爸爸啊！"

豌豆花心中一紧，不知怎么就打了个寒战。叫爸爸？她小心眼里有点儿乱，她心目中只有一个爸爸，那个把她当小公主般宠着爱着的杨腾！

35

她终于被带到鲁森尧面前了。她还记得,当时她左手牵着光宗,右手牵着光美,三个人排排队似的一列站着,在她面前,耸立着一个高大的巨人,她只看到那绑着条宽皮带的粗大腰身和灰色长裤管。她顺着裤管抬起头来,立刻接触到一对锐利的眼光,那眼光冷静地、深沉地、严苛地盯着她,一眨也不眨,那眼皮好像不会眨似的,竟看得她浑身发起毛来。

玉兰在后面推着她,轻声说:"叫爸爸呀!豌豆花,叫爸爸呀!"

她嗫嚅着,叫不出口。

于是,玉兰又去推光宗和光美:"叫爸爸呀!叫爸爸呀!"

四岁半的光宗,脾气生来就有些倔强,他遗传了杨腾固执的那一面,仰着头,他打量着鲁森尧,摇了摇他的小脑袋。

"不,"他清清楚楚地说,"他不是爸爸!"

鲁森尧仍然死盯着豌豆花在看,听到光宗的话,他蓦地掉头去看光宗,嘴里发出一声震耳欲聋的大吼:"啊哈!你这个小杂种!"他伸手就去抓光宗。

豌豆花吓了好大一跳,看到鲁森尧伸手,她以为弟弟要挨揍了。立刻,她想也没想,就扑了过去,用身子遮住了弟弟,张着手臂,急促地喊:"不许打弟弟!不许打弟弟!"

"啊哈!"鲁森尧再大叫了一声,手指钳住了豌豆花那细嫩的胳膊,他把她整个人拎了起来,一把放在五金店的柜台上。豌豆花牙齿有些打战,只觉得自己面对的是个童话故事里吃人的巨兽。她睁大眼睛,惊愕地瞪着他,那大眼睛黑白分明，眸子里带着种无言的谴责与抗拒。鲁森尧把她从上到下地打量着，鼻子里哼呀哼地出着气。突然间，他掉过头去，对玉兰冷冷地、尖刻地说："这就是豌豆花啊！你真有本领，连不是自己生的小杂种，也给带回来了！我看啊，这孩子长得还蛮像样，说不定可以卖几个钱……"

"不行！"玉兰紧张地叫，跑过去握住豌豆花的手，"你放掉她！她是我女儿，我是怎么也不跟她分开的！"

"你女儿？哈哈哈哈！"鲁森尧用手捏住了玉兰的下巴，捏紧她，捏得玉兰嘟起了嘴，疼得直往里面吸气，"你的过去我早打听得清清楚楚了！你女儿？哈哈哈哈！你去照照镜子，你还生不出这样的女儿呢……"

豌豆花眼看玉兰被欺侮，她又惊又怒又痛，她大声叫了起来："放开我妈妈！你这个坏人！你这个坏人！你这个坏人！"

一时间，阿婆叮嘱的话完全忘到九霄云外了。同时，她看到泪水从玉兰眼中涌了出来，那被掐住的面颊整个凹进去了。她更急更痛了，再也没有思想的余地，她就近抓住了鲁森尧那铁腕似的胳膊，又摇又扯，叫着："不许打妈妈！不许打妈妈！"

"啊哈！"鲁森尧又"啊哈"起来。在以后的岁月中，豌豆花才发现这"啊哈"两个字是暴风雨前的雷响，而在鲁家，暴风雨是一天可以发生许许多多次的。"你这个鬼丫头，你居然敢跟我用不许两个字！我就打你妈，你能怎么样？你敢怎么样？"

说着，他毫不犹豫地，劈手就给了玉兰一个重重的耳光。

光美吓得大哭起来了。

豌豆花无法思想了。从小，她在悲剧中成长，但，也在爱中成长。她的世界里从没有鲁森尧这种人物。她昏乱而惊恐，小小的心脏，因刺激和悲痛而狂跳着。然后，她毫不思索地，俯下头去……因为她正高坐在柜台上，鲁森尧的手就在她的脸旁边……她张开嘴，忽然间就用力对鲁森尧的手背一口咬下去，她小小的牙齿尖利地咬着那粗糙的皮肤，由于嘴太小，她只咬起一小撮肌肤，也因此，这一咬竟相当有力。

鲁森尧大怒特怒了。他低吼一声，抽出手来，用手背重重地对豌豆花挥过去，豌豆花从柜台上直摔到地上来了，膝盖撞在水泥地上，手撑在地上时，又被一根铁钉刺伤了手掌，她摔得七荤八素。耳中只听到光美吓得杀鸡般的尖声大哭大叫。而小光宗开始发蛮了，他用脑袋对鲁森尧撞了过去，嘴里学着姐姐的句子，哭着叫："你这个坏人！你这个坏人！你这个坏人！"

一时间，室内又是哭声，又是叫声，又是鲁森尧的怒骂声，简直乱成了一团，有些人围在店门口来看热闹了。鲁森尧的目标又移向了小光宗，他抓起他的小身子，就想向水泥地上摔，玉兰吓坏了，她哭着扑过去抢救，死命抱住了鲁森尧，哭泣着喊："你打我吧！是我不好！都是我不好！孩子都小呀！他们不懂呀！你打我吧！打我吧！"

鲁森尧用脚对玉兰踹过去，玉兰跌在地上了。同时，鲁森尧也显然闹累了，把小光宗推倒在玉兰身上，他粗声地吼着叫着:"把他们统统给我关到后面院子里去,别让我看到他们!我鲁森尧倒了十八辈子霉,讨个老婆还带着三个讨债鬼!把他们带走!带走!"

"是!是!"玉兰连声答着,从地上爬起来,抱起小的,又扶起大的,再拖起豌豆花,"我们到后面去!我们到后面去!"

"让他们在后院里跪着!不许吃晚饭!"鲁森尧再吼,"你!玉兰!"

玉兰慌忙站住。

"你给我好好弄顿晚饭,到对面去买两瓶酒来!不要把你的私房钱藏在床底下!这几个小鬼,今天饶了你们,明天不给我乖乖的,我剥了你们的皮!"

玉兰慌慌张张地带着三个孩子,到屋子后面去了。

鲁家的房子,前面是店面,后面有两间小小的卧房,一间搭出来的厨房和厕所。玉兰早已把一间卧房收拾好,放了张上下铺给豌豆花姐妹睡,又放了张小床给光宗睡,室内就再无空隙了。但是,这第一天的见面后,玉兰硬是不敢让孩子回房间,而把他们三个都关在厨房外的小水泥院子里。她只悄悄地对豌豆花说了句:"带着弟弟妹妹,让他们别哭。我去做晚饭,等他吃饱了,喝醉了睡了,就没事了。豌豆花,啊?"她祈求似的看着豌豆花。

豌豆花含泪点点头。

于是,他们姐弟三个被关在小院里。那是冬天,寒风从四面八方吹过来,说不出有多冷。豌豆花找了个背风的屋檐下，坐在地上，她左边挽着光宗，右边挽着光美。把他们两个都紧揽在怀里，让自己的体温来温热弟妹们的身子。玉兰抽空跑出来过一次，拿了条破旧的棉被，把他们三个都盖住，对豌豆花匆匆叮咛："别让他们睡着，在这风口里，睡着了一定生病！"

可是，光美已经抽抽噎噎的快睡着了。

于是，豌豆花只得摇着光美，低低地说："别睡，光美，姐姐讲故事给你们听。"

"讲王子杀魔鬼的故事。"光宗说。

"好的，讲王子杀魔鬼的故事。"豌豆花应着，心里可一点谱都没有，爸爸说过三只小熊的故事，说过小红帽的故事，说过狼外婆的故事，说过司马光砸缸救小朋友的故事……

就没说过什么王子杀魔鬼的故事，只有王子救公主的故事，什么睡美人、什么白雪公主之类的。但是，她必须诌一个王子杀魔鬼的故事。于是，她说："从前，有一个王子，名字叫杨光宗，他有个妹妹，名字叫杨光美……"

"他还有个姐姐，名字叫豌豆花。"光宗聪明地接了一句。

"是的，他还有个姐姐，名字叫豌豆花……"她应着，不知怎的，喉咙里就哽塞起来了，鼻子里也酸酸的。一阵风过，小院外的一棵大树，飘下好多落叶来，落了光美满身满头，她细心地摘掉妹妹头发上的落叶，冷得打寒战，光美的鼻尖都冻红了。她把弟妹们更搂紧了一点，用棉被紧裹着，仍然冷得脚趾都发麻了。"那个王子很勇敢，可是，他有天迷了路，找不到家了……"

"不是,"光宗说,"是他爸爸被大石头压死了。"

豌豆花的故事说不下去了。她拥着光宗的头,泪珠滴在光宗的黑发上。

那天……一直到黑夜,他们这三个小姐弟就这样蜷缩在鲁家的后院里吹冷风。前面屋里,不住传来鲁森尧那大嗓门的呼来喝去声,敲打碗盘声,骂人骂神骂命运骂玉兰的声音。

最后,他开始唱起怪腔怪调的歌来,这种歌是豌豆花从没有听过的。她在以后,才知道那种歌名叫"评剧",鲁森尧唱的是《秦琼卖马》。

时间不知道过去了多久,前面屋里终于安静了。

玉兰匆匆地跑出来,把冻僵了的三姐弟弄回屋里,先在厨房中喂饱了他们。豌豆花帮着玉兰喂妹妹,光美只是摇头晃脑地打瞌睡,一点儿胃口都没有。玉兰焦灼地摸她的额,怕她生病。然后,给他们洗干净了手脸,把他们送到床上去睡。

光宗和光美都睡了之后,豌豆花仍然没有睡,因为玉兰发现她的膝盖和手心都受了伤,血液凝固在那儿。她把豌豆花单独留在厨房里,弄好了两个小的,她折回到厨房里来,用药棉细心地洗涤着豌豆花的伤口,孩子咬牙忍耐着,一声都不哼。凝固的血迹才拭去,伤口又裂开,新的血又渗出来,玉兰很快地用红药水倒在那伤口上。豌豆花的背脊挺了挺,从嘴里轻轻地吸了口气。玉兰看了她一眼,不自禁地把她紧揽在怀中,眼眶湿了起来。豌豆花也紧偎着玉兰,她轻声地、不解地问:"妈妈,我们一定要跟那个人一起住吗?"

"是的。"

"为什么呢?"

玉兰咬咬嘴唇,想了想。

"命吧!"她说,"这就是命!"

豌豆花不懂什么叫"命"。但是,她后来一直记得这天的情形,记得自己走进鲁家,就是噩运的开始。那夜,小光美一直睡不好,一直从噩梦中惊醒,豌豆花只得坐在她床边,轻拍着她,学着玉兰低唱催眠曲:"婴仔婴婴困,一暝大一寸,婴仔婴婴惜,一暝大一尺……"

第五章

豌豆花始终没叫过鲁森尧"爸爸"。非但她没叫，小光宗也不肯叫。只有幼小的光美，才偶尔叫两声"阿爸"。不过，鲁森尧似乎从没在乎过这三姐弟对自己的称谓。他看他们，就像看三只小野狗似的。闲来无事，就把他们抓过来骂一顿、打一顿，甚至用脚又踹又踢又踩又跺地蹂躏一顿，喊他们"小杂种"，命令他们做许多工作，包括擦鞋子，擦五金，擦桌子，擦柜台，甚至洗厕所……当然，这些工作大部分都是豌豆花在做，光宗和光美毕竟太小了。

豌豆花从进鲁家门，就很少称呼鲁森尧，只有在逼不得已不能不称呼的时候，她会勉强喊他一声阿伯。背地里，光宗一直称他为"大坏人"。豌豆花也不在背后骂他。从父亲死后，豌豆花就随着年龄的增长，锻炼出一种令玉兰惊奇的忍耐力。她忍耐了许许多多别的孩子不能忍耐的痛楚，不论是精神上的还是肉体上的。

鲁森尧娶玉兰，正像他自己嘴中毫不掩饰的话一样："你以为我看上你哪一点？又不是天仙美女，又带着三个拖油瓶！我不过是看上你那笔抚恤金！而且，哈哈哈！"他猥亵地笑着，即使在豌豆花面前，也不避讳，就伸手到玉兰衣领里去，握着她的乳房死命一捏。"还有这个！我要个女人！你倒是个不折不扣的女人！"

对豌豆花而言，挨打挨骂都是其次，最难堪的就是这种场面。她还太小，小得不懂男女间的事。每当鲁森尧对玉兰毛手毛脚时，她总不知道他是不是在"欺侮她"。玉兰躲避着，脸上的表情老是那样痛苦，因此，豌豆花也跟着痛苦。再有，就是鲁森尧醉酒以后的发酒疯。鲁森尧酗酒成性，醉到十成的时候就呼呼大睡，醉到七八成的时候，他就成了个完完全全的魔鬼。

春季里的某一天，他从下午五点多钟就开始喝酒，七点多已经半醉，玉兰看他的样子就知道生意不能做了，早早地关了店门。八点多钟玉兰把两个小的都洗干净送上床，嘱咐豌豆花在卧室里哄着他们别出来。可是，鲁森尧的大吼大叫声隔着薄薄的板壁传了过来，尖锐地刺进豌豆花的耳鼓："玉兰小婊子！你给我滚过来！躲什么躲？我又不会吃了你！"嘶啦一声，显然玉兰的衣服又被撕开了，那些日子，玉兰很少有一件没被撕破的衣服，弄得玉兰每天都在缝缝补补。"玉兰，又不是黄花闺女，你装什么蒜！过来！过……来！"

不知道鲁森尧有了什么举动，豌豆花听到玉兰发出一声压抑不住的悲鸣，哀求地嚷着："哎哟！你弄痛我！你饶了我吧！"

"饶了你？我为什么要饶了你？你以为我不知道，你心里一直在想念着你那个死鬼丈夫，他有多好？他比我壮吗？比我强吗？看着我！不许转开头去……你……他妈的贱货！"

"啪"的一声，玉兰又挨耳光了。接着，是酒瓶"哐啷啷"被砸碎在柜台上，和玉兰一声凄厉的惨叫。豌豆花毛骨悚然。他要杀了妈妈了！豌豆花就曾亲眼看到过鲁森尧用玻璃碎片威胁要割断玉兰的喉咙。再也忍不住，她从卧室中奔出去，嘴里恐惧地喊着："妈妈！妈妈！"

一进店面，她就看到一幅令人心惊肉跳的场面。玉兰半裸着，一件衬衫从领口一直撕开到腰际，因而，她那丰满的胸部完全袒露。她跪在地上，左边乳房上插着一片玻璃碎片，血并不多，却已染红了破裂的衣衫。而鲁森尧还捏着打碎的半截酒瓶，扯着玉兰的长发，正准备要把那尖锐的半截酒瓶刺进玉兰另一边乳房里去。他嘴里暴戾地大嚷着："你说！你还爱不爱你那个死鬼丈夫？你心里还有没有那个死鬼丈夫？你说！你说！"

玉兰哀号着，闪躲着那半截酒瓶，一绺头发几乎被连根拔下。但是，她就是死也不说她不想或不爱杨腾的话。鲁森尧眼睛血红，满身酒气，他越骂越怒，终于拿着半截酒瓶就往玉兰身子里刺进去，就在这千钧一发的当儿，豌豆花扑奔过来，亡命地抱住了鲁森尧的腿，用力推过去。鲁森尧已经醉得七倒八歪，被这一推，站立不稳，就直摔到地上，而他手里那半截酒瓶，也跟着跌到地上，砸成了碎片。

鲁森尧这下子怒火中烧，几乎要发狂了。他抓住豌豆花的头发，把她整个身子拎了起来，就往那些碎玻璃上揿下去。

豌豆花只觉得大腿上一连尖锐的刺痛，无数玻璃碎片都刺进她那只穿着件薄布裤子的腿里，白裤子迅速地染红了。玉兰狂哭着扑过来，伸手去抢救她，嘴里哀号着："豌豆花！叫你不要出来！叫你不要出来！"

"啊哈！"鲁森尧怪叫连连，"你们母女倒是一条心啊！好！玉兰小婊子，你心痛她，我就来修理她！她是你那死鬼丈夫的心肝宝贝吧！"说着，他打开五金店的抽屉，找出一捆粗麻绳，把那受了伤还流着血的豌豆花双手双脚都反剪在身后，绑了个密密麻麻。玉兰伸着手，哭叫着喊："不要伤了她！求你不要伤了她！求你！求你！求你！求你……"她哭倒在地上，"不要绑她了！她在流血了！不要……不要……不要……"她泣不成声。

屋顶上有个铁钩，勾着一个竹篮，里面装的是一些农业用具，小铁锹、小钉锤……之类的杂物。鲁森尧把竹篮拿了下来，把豌豆花背朝上、脸朝下地挂了上去。豌豆花的头开始发晕，血液倒流的结果，脸涨得通红，她咬紧牙关，不叫，不哭，不讨饶。

玉兰完全崩溃了。

她跪着膝行到鲁森尧面前，双手拜神般合在胸前。然后，她开始昏乱地对他磕头，不住地磕头，额头撞在水泥地上，撞得咚咚响，撞得额头红肿起来。

"说！"鲁森尧继续大叫着，"你还爱你那个死鬼丈夫吗？

你还想那个死鬼丈夫吗？……"

"不爱，不爱，不爱，不爱，不爱……"玉兰一迭连声地吐出来，磕头如捣蒜，"不想，不想，不想，不想……"

"说！"鲁森尧得意地、胜利地叫着，"豌豆花的爸爸是王八蛋！说！说呀！说！"他一脚对那跪在地上的玉兰踢过去。

"不说吗？不肯说吗？好！"他把豌豆花的身子用力一转，豌豆花悬在那儿车轱辘似的打起转来，绳子深陷进她的手腕和脚踝的肌肉里。

"啊……"玉兰悲鸣，终于撕裂般地嚷了起来，"他是王八蛋！他是王八蛋！他是王八蛋……"

这是一连串"酷刑"的"开始"。

从此，豌豆花是经常被吊在铁钩上了，经常被打得遍体鳞伤了。鲁森尧以虐待豌豆花来惩罚玉兰对杨腾的爱。玉兰已经怕了他了，怕得听到他的声音都会发抖。鲁森尧是北方人，虽然住在乌日这种地方，也不会说几句闽南语，于是，全家都不敢说闽南语。好在杨腾是外省人，玉兰早就熟悉了汉语，事实上，豌豆花和她父亲，一直都是汉语和闽南语混着说的。

豌豆花虽然十天有九天带着伤，虽然要洗衣做事带弟弟妹妹，但是，她那种天生的高贵气质始终不变。她的皮肤永远白嫩，太阳晒过后就变红，红色褪了又转为白皙。她的眼睛永远黑白分明，眉清而目秀。这种"气质"使鲁森尧非常恼怒，他总在她身上看到杨腾的影子。不知为什么，他就恨杨腾恨得咬牙切齿，虽然他从未见过杨腾。他常拍打着桌子

47

凳子怪吼怪叫："为什么我姓鲁的该这么倒霉！帮那个姓杨的死鬼养儿育女，是我前辈子欠了他的债吗？"

玉兰从不敢说，鲁森尧并没有出什么力来养豌豆花姐弟。

嫁到鲁家后，玉兰的抚恤金陆续都拿出来用了。而小五金店原来生意并不好，但是，自从玉兰嫁进来，这两条街的乡民几乎都知道鲁森尧纵酒殴妻，又虐待几个孩子，由于同情，大家反而都来照顾这家店了。乌日乡是淳朴的，大家都有中国人"明哲保身"的哲学，不敢去干涉别人的家务事，但也不忍看着玉兰母子四个衣食不周，所以，小店的生意反而兴旺起来了，尤其是当玉兰在店里照顾的时候。鲁森尧眼见小店站住了脚，他也落得轻松，逐渐地，看店卖东西都成了玉兰的事，他整天就东晃西晃，酗酒买醉，随时发作一下他那"惊天动地"的"丈夫气概"。

这年夏天，对豌豆花来说，在无数的灾难中，倒也有件大大的"喜悦"。

原来，豌豆花早已到了学龄了。乡公所来通知豌豆花要受义务教育的时候，曾被鲁森尧暴跳如雷地痛骂了出去。豌豆花虽小，在家里已变得很重要了，由于玉兰要看店，许多家务就落在豌豆花身上，她要煮饭、洗衣、清扫房间，还要帮着母亲卖东西。"讨债鬼"仿佛是来"还债"的。鲁森尧无意于让豌豆花每天耽误半天时间去念什么鬼书，而让家里的工作没人做。

本来，乡下孩子念书不念书也没个准的。可是，这些年来，义务教育推行得非常彻底，连山区的山地里都建设起小学来了。而且,那个被鲁森尧赶出去的乡公所职员却较真儿了。他调查下来,孩子姓杨,鲁森尧并没有办收养手续,连"监护人"的资格都没有。于是,乡公所办了一纸公文给鲁森尧,通知他在法律上不得阻碍义务教育的推行。鲁森尧不认识几个字,可是,对于"衙门里"盖着官印的公文封却有种莫名的敬畏,他弄不懂法律,可是,他不想招惹"官府"。

于是,豌豆花进了当地的小学。

忽然间,豌豆花像是接触到了另一个世界,另一个带着七彩光华的绚丽世界。她的心灵一下子就打开了,惊喜地发现了文字的奥秘、文字的美妙和文字的神奇。她生母遗留在她血液中的"智能"在一瞬间复苏,而"求知欲"就像大海般地把她淹没了。

她开始疯狂地喜爱起书本来,小学里的老师从没见过比她更用功更进步神速的孩子,她以别的学童三倍的速度,"吞咽"着老师们给她的教育。她像一个无底的大口袋,把所有的文字都装进那口袋里,再飞快地咀嚼和吸收。这孩子使全校的老师都为之"着迷",小学一年级,她是全校的第一名。

有位老师说过,杨小亭……在学校里,她总算有名有姓了……让这位老师了解了什么叫"冰雪聪明",那是个冰雪聪明的孩子!事实上,一年级的课上完以后,豌豆花已经有了三年级的功力,尤其是语文方面,她不只能造句,同时,也会写出简短的、动人的文章了。

可是,豌豆花的"念书"是念得相当可怜的。

她经常带着满身的伤痕来上课,这些伤痕常常令人目不忍睹。有一次她整个小手都又青又紫又红又肿，半个月都无法握笔。另一次，她的手臂淤血得那么厉害，以至于两星期都不能上运动课。而最严重的一次，她请了三天假没上课，当她来上课时，她的一只手腕肿胀得变了形，校医立刻给她照X光，发现居然骨折了，她上了一个月石膏才痊愈。也由于这次骨折，他们检查了孩子全身，惊愕地发现她浑身伤痕累累，从鞭痕、刀伤、勒伤到灼伤……几乎都有。而且，有些伤口都已发炎了。

学校派了一位女老师，姓朱，去做"家庭访问"。朱老师刚从师范学校毕业未久，涉世不深。到了鲁家，几句话一说，就被鲁森尧的一顿大吼大叫给吓了出来："你们当老师的，教孩子念书就得了，至于管孩子，那是我的事！她在家里淘气闯祸，我不管她谁管她！你不在学校里教书，来我家干什么？难道你还想当我的老师不成！豌豆花姓她家的杨，吃我鲁家的饭，算她那小王八蛋走运！我姓鲁的已经够倒霉了，养了一大堆小王八蛋，你不让我管教他们，你就把那一大堆小王八蛋都接到你家去！你去养，你去管，你去教……"

朱老师逃出了鲁家，始终没弄清楚"一大堆小王八蛋"指的是什么。但她发誓不再去鲁家，师范学校中教了她如何教孩子，却没教她如何教"家长"。

朱老师的"拜访"，使豌豆花三天没上课。她又被倒吊在铁钩上，用皮带狠抽了一顿，抽得两条大腿上全是血痕。当她再到学校里来的时候，她以一副坚忍的、沉静的、让人看着都心痛的温柔，对朱老师、校长、训导主任等说："不要再去我家了,我好喜欢好喜欢到学校里来念书,如果不能念书,我就糟糕了。我有的时候会做错事,挨打都是我自己惹来的!你们不要再去我家了,请老师……再也不要去我家了!"

老师们面面相觑。私下调查,这孩子出身十分复杂,仿佛既不是鲁森尧的女儿,也不是李玉兰的女儿,户籍上,豌豆花的母亲填的是"许氏",而杨腾和那许氏,在户籍上竟无"婚姻关系"。

于是,豌豆花的公案被搁置下来,全校那么多孩子,也无法一个个深入调查,何况外省籍的孩子,户籍往往都不太清楚。学校不再过问豌豆花的家庭生活,尽管豌豆花仍然每天带着不同的伤痕来上课。

豌豆花二年级的时候,玉兰又生了个小女孩。取名字叫鲁秋虹。秋虹出世,玉兰认为她的苦刑应该可以告一段落了,因为她终于给鲁森尧生了个孩子。谁知,鲁森尧一知道是个女孩,就把玉兰骂了个狗血淋头:"你算哪门子女人?你只会生讨债鬼呀!你的肚子是什么做的?瓦片儿做的吗?给人家王八蛋生儿子,给我生女儿,你是他妈的臭婊子瓦片缸!"

玉兰什么话都不敢说,只心碎地回忆着,当初光美出世时,杨腾吻着她的耳垂,在她耳边轻声细语:"女孩子和男孩子一样好!我都会喜欢的!你是个好女人,是个可爱的小母亲!"

同样是外省人,怎么有这么大的区别呢!玉兰并不太清楚,"外省"包括了多广大的区域,也不太了解,人与人之间的善恶之分,实在与省籍没有什么关系。

鲁森尧骂了几个月，又灌了几个月的黄汤，倒忽然又喜欢起秋虹来了。毕竟四十岁以后才当父亲，毕竟是自己的亲骨肉！这一爱起来又爱得过了火。孩子不能有哭声，一哭，他就提着嗓门大骂："玉兰！你八成没安好心！是不是你饿着她了啊？我看你找死！你存心欺侮我女儿！你再把她弄哭我就宰了你！难道只有杨家的孩子才是你的心肝？我姓鲁的孩子你就不好好带！你存心气死我……"

说着说着，他就越来越气。玉兰心里着急，偏偏秋虹生来爱哭，怎么哄怎么哭。鲁森尧越是骂，孩子就越是哭。于是，豌豆花、光宗、光美都遭了殃，常常莫名其妙地就挨上几个耳光，只因为"秋虹哭了"。

于是，"秋虹哭了"，变成家里一件使每个人紧张的大事。

光宗进了小学，男孩子有了伴，懂得尽量留在外面少回家，常常在同学家过夜。乡里大家都知道这几个孩子的命苦，也都热心地留光宗，所以，那阵子光宗挨的打还算最少。光美还小，不太能帮忙做事。而豌豆花，依然是三个孩子中最苦命的。

学校上半天课。每天放学后，豌豆花要做家事，洗尿布、烧饭、洗衣、抱妹妹……还要抽空做功课。她对书本的兴趣如此浓厚，常常一面煮饭一面看书，不只看课内的书，她还疯狂地爱上了格林童话和安徒生。她也常常一面洗着衣服一面幻想，幻想她是仙蒂瑞娜，幻想有南瓜车和玻璃鞋。

可是，南瓜车和玻璃鞋从没出现过。而"秋虹"带来的灾难变得无穷无尽。有天，豌豆花正哄着秋虹入睡，鲁森尧忽然发现秋虹肩膀上有块铜币般大小的瘀紫,这一下不得了,他左右开弓地给了豌豆花十几个耳光,大吼大叫着说:"你欺侮她!你这个阴险毒辣的小贱种!你把她掐伤了!玉兰!玉兰!你这狗娘养的!把孩子交给这个小贱人,你看她拧伤了秋虹……"

"我没有,我没有!"豌豆花辩解着,挨打已成家常便饭,但是"被冤枉"仍然使她痛心疾首。

"你还耍赖!"鲁森尧抓起柜台上一把铁铲,就对豌豆花当头砸下去。

豌豆花立刻晕过去了,左额的头发根里裂开一道两寸长的伤口,流了好多血。乌日乡一共只有两条街,没有外科医生。玉兰以为她会死掉了,因为她有好几天脸都苍白得像纸,呕吐,不能吃东西,一下床就东歪西倒。玉兰夜夜跪在她床前悄悄祈祷,哭着,低低呼唤着:"豌豆花,你要有个三长两短,我死了都没脸去见你爸爸!豌豆花!你一定要好起来呀!你一定要好起来呀!我苦命的、苦命的、苦命的孩子!"

豌豆花的生命力是相当顽强的,她终于痊愈了。发根里,留下一道疤痕,还好,因为她有一头乌黑浓密的头发,遮住了那伤疤,总算没有破相。只是,后来,豌豆花始终有偏头痛的毛病。

这次豌豆花几乎被打死,总算引起了学校和邻居的公愤,大家一状告到里长那儿,里长又会合了邻长,对鲁森尧劝解了一大堆话,刚好那天鲁森尧没喝醉,心情也正不坏,他就耸耸肩膀、摊摊手说了句:"算我欠了他们杨家的债吧!以后只要她不犯错,我就不打她好了!"

以后,他确实比较少打豌豆花了。最主要的,还是发现秋虹肩上那块引起风暴的"淤血",只是一块与生俱来的"胎记"而已。

可是,豌豆花的命运并没有转好。因为,一九五九年的八月七日来临了。

第六章

一九五九年的八月七日。

最初，有一个热带性的低气压，在南海东沙群岛的东北海面上，形成了不明的风暴，以每小时六十海里的风速，吹向台湾中部。八月七日早上九时起，暴雨开始倾盆而下，连续不停地下了十二个小时。

在台湾中部，有一条发源于次高山的河流，名叫大肚溪，是中部四大河流之一。大肚溪的上流，汇合了新高山、阿里山的支流，在山区中盘旋曲折，到埔里才进入平原。但埔里仍属山区，海拔依然在一千米以上。大肚溪在埔里一带，依旧弯弯曲曲，迂回了八十多里，才到达台中境内，流到彰化附近的乌日乡，与另一条大里溪汇合，才蜿蜒入海。

这条大肚溪，是中部农民最主要的水源，流域面积广达两万零七百二十平方公里，区内数十个村庄，都依赖这条河流生活。在彰化一带，大部分的居民都务农，他们靠上帝赋予的资源而生存,再也没料到,有朝一日,上帝给的恩赐,上帝竟会收回。

八月七日,在十二个小时的持续大雨后,海水涨潮,受洪流激荡,与大肚溪合而为一,开始倒流。一时间,大水汹汹涌涌、奔奔腾腾,迅速地冲击进大肚溪,大肚溪沿岸的堤防完全冲垮,洪水滚滚而来,一下子就在平原上四散奔泻,以惊人的速度,淹没土地,卷走村舍,冲断桥梁,带走牲畜!⋯⋯

而许多犹在睡梦中的农民居民,竟在一夜间妻离子散,丧失生命。

这夜,豌豆花和妹妹光美睡在小屋里,弟弟光宗又留在一个同学家中过夜。由于大雨,那天没有上课,豌豆花整天都在帮着做家事,带弟妹、洗尿布,雨天衣服无法晒在外面,晚上,整个屋子里挂满了秋虹的尿布,连豌豆花的卧房里都拉得像万国旗。秋虹跟着父母,睡在隔壁的卧房里,鲁森尧照例喝了酒,但他那夜喝得不多,因为睡前,豌豆花还听到他在折辱玉兰的声音。

大水涌进室内,是豌豆花第一个发现的,因为她还没睡着,她正幻想着自己是某个童话故事中的女主角,那些时候,她最大的快乐,就是读书和幻想。大约晚上十点钟左右,她首先觉得床架子在晃动,她摸摸身边的妹妹,睡得正香,也没做噩梦,怎么床在动呢?难道是地震了?她摸黑下床,自己也不知道要干什么,却一脚踩进了齐腰的大水里。这一下,她大惊失色,立刻本能地呼叫起来:"光美!光宗!淹水了!

淹水了！妈妈！妈妈！淹水了！淹水了！淹水了！……"

慌乱中，她涉水奔向母亲的房间，摸着电灯开关，灯不亮了。而水势汹汹涌涌，一下子已淹到她的胸口，她开始尖叫："妈妈！妈妈！"

黑暗中，她听到"扑通"一声水响，有人跳进水中了，接着，是玉兰的哀号："光宗！光宗在刘家！我要找光宗去！光宗……光宗……"

"妈妈！"她叫着，伸手盲目地去抓，只抓到玉兰的一个衣角，玉兰的身影，就迅速地从她身边掠过，手里还紧抱着秋虹，一阵"哗啦啦"的水声，玉兰已涉着水，直冲到外面去了。

豌豆花站立不住了，整个人开始漂浮起来，同时，她听到屋子在裂开，四面八方，好像有各种各样恐怖而古怪的声音：碎裂声、水声、人声、东西掉进水中的"扑通"声……

而在这所有的声音中，还有鲁森尧尖着嗓子的大吼大叫声："玉兰！不许出去！玉兰，把秋虹给我抱回来！玉兰！他妈的！玉兰，你在哪里……"

四周是一片漆黑，头顶上，有木板垮下来，接着，整个屋子全塌了。豌豆花惊恐得已失去了意识，她的身子被水抬高又被水冲下去，接着，水流就卷住她，往黑暗的不知名的方向冲去，她的脚已碰不到地了。她想叫，才张嘴，水就冲进了她的嘴中，她开始伸手乱抓，这一抓，居然抓到了另一只男人的手，她也不知道这只手是谁的，只感到自己的身子被举起来，放在一块浮动的床板上，她死命地攀着床板，脑

57

子里钻进来的第一个思想就是光美,光美还睡在床上!她放开喉咙,尖叫起来:"光美!光美!光美!你在哪里?"

她这一喊,她身边那男人也蓦然被喊醒了。他在惊慌中仍然破口大骂:"原来我救了你这小婊子!豌豆花!你妈呢?"接着,他凄厉地喊了起来:"玉兰!玉兰!你给我把小秋虹抱回来!秋虹!秋虹!玉兰!你伤到了秋虹,我就宰了你!玉兰……玉兰!我的秋虹呢?我的秋虹呢?"

豌豆花死力攀着木板,这块载着她和鲁森尧的木板。感觉到木板正被洪流汹涌着冲远、冲远。她已经无力去思想,只听到鲁森尧在她耳畔狂呼狂号。这声调的凄厉,和那汹涌的水势,房屋倒塌的声音,风的呼啸,全汇合成某种无以名状的恐怖。同时,还有许多凄厉的喊声,在各处漂浮着。无数的树叶枯枝从她身上拉扯过去。这是世界的末日了。整个世界都完了。什么都完了。她摇摇晃晃地趴在木板上,水不住地从她身上淹过来,又退下去,每次,都几乎要把她扯离那块木板。她不敢动。世界没有了,这世界只有水,水和恐怖,水和鲁森尧。

鲁森尧仍然在喊叫着,只是,一声比一声沙哑,一声比一声绝望:"秋虹!我的秋虹!玉兰!你滚到哪里去了?秋虹……我的秋虹……"

豌豆花挣扎着想让自己清醒,她勉强睁大眼睛,只看到黑茫茫一片大水,上面黑黝黝地漂浮着一些看不清的东西,大雨直接淋在头顶上,没有屋顶,没有村落,整个乌日乡都看不见了。木板在漂,要漂到大海里去。豌豆花努力想集中自己那越来越涣散的思想：大海里什么都有，光宗、光美、秋虹、玉兰……是不是都已流入大海？她的心开始绞痛起来，绞痛又绞痛。而她身边，鲁森尧的狂喊已转变为哭泣："玉兰……玉兰……秋虹……秋虹……"

不知什么时候起，泪水已爬满了豌豆花一脸。热的泪和着冷的雨，点点滴滴，与那漫天漫地的大洪水涌成一块儿。恍惚中，有个黑乎乎的东西漂到她的身边，像个孩子，可能是光美！她大喜，本能地伸手就去抓，抓到了一手潮湿而冰冷的毛爪，她大惊，才知道不是光美，而是只狗尸。她号哭着慌忙松手，自己差点儿摔进洪水中，一连灌进好几口污水，她咳着，呛着，又本能地重新抓紧木板。经过这一番经历，她整个心灵，都因恐惧而变得几乎麻痹了。

时间不知道过去了多久，木板碰到了一棵高大的树枝，绊住了。树上，有个女人在哭天哭地："阿龙哪！阿龙！是阿龙吗？是阿龙吗？"

立刻，树上老的、年轻的，好几个祈求而兴奋的声音在问："是谁？阿龙吗？阿升吗？是谁？是谁？"

"是我。"鲁森尧的声音像破碎的笛子，"鲁森尧，还有豌豆花！"

"噢！噢！噢！"女人又哭了起来，"阿龙哪！阿龙哪！阿龙……阿龙……噢！噢！噢……"

"呵，呵呵！呵呵！阿升，富美，呵呵……"另一个年轻男人也在干号着。树上的人似乎还不少。

"免哭啦！阿莲！阿明！"一个老人的声音，嗓子哑哑的。

59

"我们家没做歹事,妈祖娘娘会保佑我们!阿龙会被救的,阿升他们也会好好的!免哭啦!我们先把豌豆花弄到树上来吧!豌豆花!豌豆花!"

豌豆花依稀明白,这树上是万家阿伯和他家媳妇阿莲、儿子阿明,万家三代同堂,人口众多,看样子也是妻离子散了。

她想回答万家阿伯的呼唤,可是,自己喉咙中竟发不出一点儿声音,过度的惊慌、悲切、绝望,和那种无边无际的恐怖把她抓得牢牢的。而且,她开始觉得四肢都被水浸泡得发胀了。

有人伸手来抓木板,木板好一阵摇晃,鲁森尧慌忙说:"不用了!我抓住树枝,稳住木板就行了!树上人太多,也承不住的!唉唉……唉唉!秋虹和玉兰都不见了!"他又悲叹起来:"唉唉唉!唉唉!"

"噢!噢!噢!"他的悲叹又引起阿莲的啼哭。

"呵呵!呵呵!呵呵呵……"

哭声、悲叹声、水声、风声、雨声、树枝晃动声……全混为一片。豌豆花的神思开始模糊起来。昏昏沉沉中,万家阿伯的话却荡在耳边:"我们家没做歹事,妈祖娘娘会保佑我们!"

是啊!玉兰妈妈没做歹事,光宗、光美、秋虹都那么小,那么好,那么可爱的!好心有好报,妈祖娘娘会保佑他们的!

可是,妈祖娘娘啊,你在哪里呢?为什么风不止、雨不止？滔滔大水，要冲散大家呢？妈祖娘娘啊，你在哪里呢？迷糊中，她仿佛回到几年前，大家在山上大拜拜，拜"好兄弟"，可是，爸爸却跟着"好兄弟"去了。

想着爸爸，她脑中似乎就只有爸爸了。

她几乎做起梦来，梦里居然有爸爸的脸。

杨腾站在矿坑的入口处，对着她笑，帽子戴歪了，她招手要爸爸蹲下来，她细心地给杨腾扶正帽子，扶好电瓶灯，还有那根通到腰上的电线……爸爸一把拥住了她，把她抱得好紧好紧啊！然后，爸爸对她那么亲切地、宠爱地笑着，低语着："豌豆花，我告诉你一个秘密，你是全世界最美丽最可爱的女孩！"

哦！爸爸！她心中呼号着，你在哪里呢？天堂上吗？你身边还有空位吗？哦！爸爸！救我吧！救我进入你的天堂吧……她昏迷了过去。

"豌豆花！豌豆花！"

有人在拍打她的面颊，有人对着她的耳朵呼唤，还有人把一瓶酒凑在她唇边，灌了她一口酒，她骤然醒过来了。睁开眼睛，是亮亮的天空，闪花了她的视线，怎么，天已经亮了？她转动眼珠，觉得身子仍然在漂动，她四面看去，才发现自己躺在一个皮筏里，皮筏上已经有好多人，万家五口、鲁森尧、王家两姐妹，和其他几个老的少的。两位阿兵哥正划着皮筏，嘴里还在不停地大叫着："什么地方还有人？我们来救你们了！"

豌豆花向上看，灌她酒和呼唤她的是万家的阿明婶，她看着阿明婶,思想回来了,意识回来了。被救了!原来他们被救了!可是,可是……她骤然拉住阿明婶的衣襟,急促而迫切地问:"妈妈呢?光宗光美和小秋虹呢?他们也被救了,是不是?他们也被阿兵哥救了,是不是?"她的声音微弱而沙哑。

"大概吧!"阿明婶眼里闪着泪光,"阿兵哥说已经救了好多人,都送到山边的高地上去了。我们去找他们,我家还有五个人没找到呢!大概也被救到那边去了。"

"哦!"豌豆花吐出一口气来,精疲力竭地倒回阿明婶的臂弯里。是的,妈妈和弟弟妹妹们一定被救走了,一定被救走了。忽然间,她觉得好困好困,只是想睡觉。阿明婶摇着她:"不要睡着,豌豆花,醒过来!这样浑身湿淋淋的不能睡。"她努力地挣扎着不要睡觉。船头的阿兵哥回头对她鼓励地笑笑:"别睡啊,小姑娘,等会儿就见到你妈妈和弟弟妹妹了!"

她感激地想坐起身子来,却又无力地歪倒在阿明婶肩头上了,她勉强地睁大眼睛,放眼四顾,一片混沌的、污浊的洪流,夹带着大量的泥沙,漂浮着无数牲畜的尸体和断树残枝,还有许多铝锅木盆和家庭用具,正滔滔滚滚地奔腾消退着。雨,已经停了。一切景象却怪异得令人胆战心惊。

三个小时后,他们被送到安全地带,在那儿,被救起的另外两百多人中,并没有玉兰、光宗、光美和秋虹的影子。阿兵哥好心地拍抚着鲁森尧的肩:"别急,我们整个驻军都出动了,警察局也出动了,到处都在救人,说不定他们被救到别的地方去了。这次大水,乌日乡还不是最严重的,国姓里和湖口里那一带,才真正惨呢!听说有人漂到几十里以外才被救起来。所以,不要急,等水退了,到处救的人集中了,大概就可以找到失散的家人了!"

豌豆花总算站在平地上了,但她的头始终晕晕的,好像还漂在水上一样,根本站不稳,她就蜷缩在一个墙角里,靠着墙坐在那儿。阿兵哥们拿了食物来给她吃,由于找不到玉兰和弟妹,她胃口全无,只勉强地吃了半个面包。鲁森尧坐在一张板凳上,半秃的头发湿答答地垂在耳际,他双手放在膝上,看起来一点儿都不凶狠了,他嘴里不住地叽里咕噜着:"玉兰,你给我好好地带着秋虹回来,我四十啷当岁了,可只有你们母女这一对亲人啊!"

三天后,水退了。

乌日劫后余生的居民们从各地返回家园。在断壁残垣中,他们开始挖掘,清理。由于海水倒灌,流沙掩埋着整个区域,在流沙下,他们不断挖出亲人的尸体来。几乎没有几个家庭是完全逃离了劫难的,一夜间家破人亡,到处都是哭儿唤女声。有的人根本不知被冲往何处,积水滩中,黄泥掩盖下,无处招亡魂,无处觅亲人,遍地苍凉,庐舍荡然。人间惨剧,至此为极。

鲁森尧在五天后,才到十里外的泥泞中,认了玉兰和秋虹的尸。玉兰已经面目全非,只能从衣服上辨认,至于手里抱的婴儿,更是目不忍睹。至于光宗光美,始终没有寻获,被列入失踪人口中。鲁森尧认完尸回到乌日,家早就没有了,五金店也没有了。豌豆花正寄住在高地上的军营里,还有好多灾民都住在那儿,等待着政府的救济,等待着亲人的音信。鲁森尧望着豌豆花,他的脸色铁青,双眼发直,眼睛里布满了红丝。当豌豆花怯怯地走到他身边,怕怕地、低低地、恐慌而满怀希望地问:"你找到妈妈和妹妹了吗?"

鲁森尧这才骤然大恸,他发出一声野兽负伤般的狂嗥,然后双手攫住豌豆花的肩膀,死命地摇撼着,摇得她的牙齿都打着战。他声嘶力竭地大叫出来:"为什么死的不是你?偏偏是你妈和秋虹?为什么死的不是你?偏偏是秋虹……"

"咚"的一声响,豌豆花晕倒在军营中的水泥地上。

这次的水灾,在台湾的历史上被称为"八七水灾"。灾区由北到南,由东到西,纵横三百里。铁路中断,公路塌方,电信中断,山城变为水乡,良田变为荒原。灾民有几万人,有六十多个村落城市,都淹没在水中。

灾后,死亡人数始终没有很正确地统计出来,失踪人口大约是死亡人口的三四倍,也始终没有正确地统计出来。这些失踪人口,可能都被卷入大海,生还无望,不过,在许多灾民的心目中,这些亲人可能仍然活着。

这次天灾,使许多活着的人无家可归、许多死去的人无魂可招,使许多的家庭破碎、许多的田原荒芜,更使无数幸福的人变得不幸、而原本不幸的人变得更加不幸。

第七章

不论人类的遭遇是幸与不幸，不论哀愁与欢乐，不论痛苦与折磨，不论生活的担子如何沉重，不论命运之手如何拨弄……时间的轮子，却永不停止转动。转走了日与夜。转走了春夏秋冬。

几年后，"八七水灾"在人们的记忆里，也成了过去。当初在这场浩劫中生还的人，有的在荒芜的土地上，又建立起新的家园。有的远走他乡，不再回这伤心之地。不管怎样，大肚溪的悲剧，已成为"历史"。

豌豆花呢？

水灾之后，豌豆花有好长一段时间，都不太能相信，弟弟妹妹和玉兰是真的都不在了。命运对她是多么苛刻呀！生而失母，继而失父，跟着玉兰回乡，最后，失去了弟弟妹妹和待她一如生母的玉兰。忽然间，她就发现，她生命中只有鲁森尧了。这个只要咳嗽声，都会让她心惊胆跳的男人……

居然是她生命里"唯一"的"亲人"了。

不知道为什么，鲁森尧没有把豌豆花送到孤儿院去，这孩子和他之间连一点点血缘关系都没有。或者，因为鲁森尧的寂寞，或者，他需要一个女孩帮他做家事，或者，他需要有人听他发泄他的愤怒，或者，他需要醉酒后有个发酒疯的物件。总之，他留下了豌豆花。而且，在水灾之后，他把豌豆花带到了台北。

他是到台北来寻找一个乡亲的，来台北之后，才知道几年之间，台北早已街道都变了，到处车水马龙，人烟稠密。找不到乡亲，他拿着水灾后政府发的救济金，在克难街租了栋只有两间房间的小木屋，那堆小木屋属于违章建筑，在若干年后被拆除了，当时，它是密密麻麻拥挤杂乱地堆在一块儿，像孩子们搭坏了的积木。

他摆了个摊子，卖爱奖券和香烟。事实上，这个摊子几乎是豌豆花在管，因为摊子摆在闹区，晚上是生意最好的时候，而晚上，鲁森尧总是醉醺醺的。

刚来台北那两年，鲁森尧终日酗酒买醉，想起小秋虹，就狂歌当哭。他过分沉溺在自我的悲痛里，对豌豆花也不十分注意。这样倒好，豌豆花跟着邻居的小朋友们，一起上了小学，她插班三年级，居然名列前茅。豌豆花似乎早有预感，自己念书的生涯可能随时中断，因而，她比任何孩子都珍惜这份义务教育。她比以前更拼命地吞咽着文字，更疯狂地吸收着知识。每天下课后，她奔到奖券摊去，努力帮鲁森尧做生意，只有能赚钱回家，自己才能继续念书。她生怕随时随地，鲁森尧会下令她不许上学、不许读书。才九岁左右的她，对于自己的"权利"以及法律上的"地位"，完全不了解。从小颠沛流离，她只知道命运把她交给谁，她就属于谁。

由于豌豆花每晚做的生意，是鲁森尧白天的好几倍，鲁森尧干脆白天也不工作了，而让豌豆花去挑这个担子。但是，他嘴里却从没有停止吼叫过："我鲁森尧为什么这么倒霉，要养活你这个小杂种！是我命里欠了你吗？该了你吗？你这个来历不明的小王八蛋！总有一天我把你赶出去！让你去露宿街头！豌豆花！……"他捏着她的下巴，使劲捏紧："我告诉你，你是命里遇着贵人了！有我这种宽宏大量的人来养活你！"

豌豆花从不敢辩解什么。只要能念书，她就能从书本里找得快乐。虽然挨打受伤依然是家常便饭，但她已懂得尽量掩藏伤口，不让老师们发现。偶尔被发现了，她也总是急急地解释："是我自己不小心摔伤了……"

"是我被火烫到了……"

"是我做手工砸到了手指……"

豌豆花真容易有意外。老师们尽管奇怪，却也没时间深入调查。尤其，那小学的学生太多，有上千人，而绝大部分都来自违章建筑木屋区里的苦孩子。家庭环境只要不好，每个孩子都常常有问题，带伤上课的，豌豆花并不是唯一的。

父母心情不好，往往都把气出在孩子身上。家境越不好的家庭，孩子就生得越多，有时，兄弟姐妹间，也会打得头破血流来上课。

对豌豆花而言，功课上的困难并不多。每学期最让她痛苦的，是填"家庭调查表"。刚进台北这家小学，她告诉老师，继父不识字，不会填表。老师问了一些她的家庭状况，她一脸惶惶然，大眼睛里盛满了超乎她年龄的无奈和迷惘，使那位老师都不忍心再深问下去。于是，这个学名叫杨小亭的孩子，在家庭调查表上，是父丧母亡、弟妹失踪……另外许多栏内，都是一片空白。

至于豌豆花的学杂费，由于她属于贫民，都被豁免了，又由于她在功课上表现得优异，每学期都领到许多奖品，或者，这也是她在无限悲苦的童年里，竟能念到小学五年级的一个原因吧！

小学五年级那年，豌豆花面临了她一生中另一个悲剧。这悲剧终于使豌豆花整个崩溃了。

那年，豌豆花已经出落得唇红齿白，楚楚动人了。

自从过了十一岁，豌豆花的身材就往上蹿，以惊人的速度长高。她依然纤瘦，可是，在热带长大的女孩，发育都比较早。夏天，她那薄薄的衣衫下，逐渐有个曲线玲珑的身段。

豌豆花从同学那儿、从老师那儿，都学习到"成长"的课程。

当胸部肿胀而隐隐发痛，她知道自己在变成少女。躲在小厨房中洗澡时，她也曾惊愕地低头注视自己的身子，那娇嫩如水的肌肤，洁白如玉，尽管从小就常被体罚，那些伤痕都不太明显。而明显的，是自己那对小小的、挺立的、柔软而又可爱的乳房，上面缀着两颗粉红色的小花蕾。每次把洗澡水从颈项上淋下去，那小花蕾上就挂着两颗小小的水珠，像早晨花瓣上的露珠儿，晶莹剔透。

第一次发现鲁森尧在偷看她洗澡时，豌豆花吓得用衣服毛巾把自己浑身都遮盖起来。从此，她洗澡都是秘密进行的，都等到鲁森尧喝醉了，沉沉入梦以后，她才敢偷偷去洗净自己。而那些日子，她来得爱干净，她讨厌底裤上偶尔出现的污渍，她并不知道这是月信即将开始的迹象。

然后，鲁森尧看她的眼光不一样了。

每次，他喝醉以后，那眼底流露的贪婪和猥亵常让她惊悸。她小心翼翼地想躲开他的视线。这种眼光对她来说并不陌生，以前，她也曾看到他用这种眼光看玉兰，然后就是玉兰忍耐的呻吟声。她尽量让自己逗留在外面，可是，每夜卖完奖券，她却不能不回家。暗沉沉的街道和小巷一样让她恐惧，她怕黑，怕夜，怕无星无月的晚上，怕暴风雨……这都是那次水灾遗留下来的后遗症。只是，她从不把自己的恐惧告诉别人。

那夜，她卖完奖券，和往常一样回到家里。

小木屋一共只有两间，鲁森尧住前面一间，她睡后面一间，每晚回家，她必须经过他的房间，这对她真是苦事。往往，她就在这段"经过"中，被扯住头发，狠揍一顿或挨上几个耳光，理由只是："为什么你活着？秋虹倒死了？是不是你克死的？你这个天生的魔鬼，碰着你的人都会倒霉！你克死了你母亲、你父亲、你弟弟妹妹还不够！你还克死我的女儿！你这个天生的扫把星！"

这一套"魔鬼""扫把星"的理论,是鲁森尧从巷口拆字摊老王那儿学来的。老王对他说的可不是豌豆花的命,而是他的命:"你的八字太硬,命中带煞,所以克妻克子,最好不要再结婚!"

老王的拆字算命,也只有天知道。他连自己的命都算不出来,对鲁森尧的几句胡言,也不过是略知鲁森尧的过去而诌出来的,反正"老鲁"(在克难街,大家都这样叫他)也不会付他看相费,他也不必说什么讨人喜欢的江湖话。何况,老鲁又是个极不讨人喜欢的人。

但是,自从鲁森尧听了什么"克妻克子"这一套,他就完全把这套理论"移罪"于豌豆花身上。天天骂她克父克母克亲人,骂到后来,他自己相信了,左右邻居也都有些相信了,甚至豌豆花都不能不相信了。背负着如此大的罪名,豌豆花怎能不经常挨揍呢!

那夜,豌豆花回家时已快十点钟了。邻居大部分都睡了。她曾经一路祷告,希望鲁森尧也睡了,那么,她就可以悄悄回到自己卧室里。但是,一走到家门口,她就知道希望落空,家中还亮着灯。同时,最让她心惊肉跳的,是听到鲁森尧那破锣嗓子,正唱着《秦琼卖马》。这表示他已经半醉了,而且,表示他的心情"恶劣"。他总以落魄的秦琼自居,每当唱这出戏时,就是他"遭时未遇,有志未伸"而被人"欺凌压榨"的时刻,也是他满腔怒火要发泄的时刻。豌豆花走到门口,悄悄推开房门,踮着脚尖,还企图不受注意地走进去。鲁森尧正用筷子,敲着桌上的杯子碟子当锣鼓,嘴里唱到最精彩的一段:"店主东带过了黄骠马,不由得秦叔宝两泪如麻。提起了此马来头大,兵部堂王大人相赠与咱。遭不幸困住在天堂下,欠下了店饭钱,没奈何只得来卖它……摆一摆手儿你就牵去了吧!但不知此马落在谁家……"

豌豆花已走到墙角,把那包奖券香烟都悄悄地搁下了。她的心咚咚跳着,还好,他唱得有劲,没注意到她。她正要掩进自己的房间,忽然,身后传来鲁森尧一句评剧道白:"呔!你这小丫头要往哪里走!左右!给我绑过来!"

豌豆花站住了。然后,鲁森尧的一只手重重地落在她肩上。她只得转过身子来看着他。他又是满身酒气,满眼邪气,满脸鬼里鬼气。她有些发毛,最近,她变得越来越怕他了。上次,他曾经拿了把刮胡子刀,威胁要毁掉她"漂亮的脸蛋"。

另一次,他把隔壁张家小女孩的洋娃娃捡回家,当着她的面,嘿嘿嘿地笑着,把那洋娃娃的脑袋,用长长的铁钉一根根钉进去,害得她好多晚上都做噩梦,梦到他用大铁钉来钉她的脑袋。

"别想溜!豌豆花!"他喊着,"你存心要躲开我!是不是?抬起头来,看着我!他妈的!"他在她下巴上一托,顺手拧住她的面颊,"你看着我!"

她被动地看着他,张着那对无辜的、清澈的大眼睛。

"妈的!"他给了她一耳光,"你干吗用这种骄傲的样子看我?你这双贼眼,满眼睛都是鬼!你以为你有什么了不起?你以为你是高贵的大小姐吗?你心里在骂我!是不是?

是不是？是不是？"

她盯着他，咬着牙不说话。

"妈的！"他又给她一耳光，"你变哑巴了？你的舌头呢？"

他伸出手指去掏她的嘴。

她嫌恶地挣扎开去。这举动使他暴怒如狂了。他一把就扯住她的头发，把她直扯到自己面前，她想挣开，脑袋被拉得直往后仰。这一拉一扯之间，她身上那件原本就已太小了的衬衫接连绷开了两个扣子，她没穿内衣，她没有钱买内衣。

他的眼光直勾勾地盯在她胸前了。她飞快地用手抓紧胸前的衣襟，这动作使他更加怒火中烧，他劈手就打掉她的手。

她开始觉得大事不妙，急得想哭了，惶急中，竟迸出一句话来："别碰我！妈妈的魂在看着呢！"

如果她不说这句话，或者，事情还不会那么糟。这句话一出口，鲁森尧是怒上加怒，而且豁出去了。他的眼珠都红了，额头都红了，脸也红了，脖子也红了……他握住她的衣领，"哗"的一声，就把整件衬衫从她身上拉掉了，他盯着她，嗒嗒怪笑着，嘴中咆哮着："呵！你妈看着呢！让她看！让她看！看她能怎样？她那个鬼婆娘，抱着我女儿去送死！她该下地狱！该上刀山下油锅被炸成碎块！你……你这下贱的小婊子，居然用你妈来吓唬我！你以为我怕你妈吗？你以为我怕鬼吗？呵。"他的大手顺着她的肩头，黏腻腻地抚向她那初挺的、小巧的乳房，在那峰顶的小花蕾上死命一捏，她痛得眼泪都滚出来了。同时，恐惧、厌恶以及那种深刻的屈辱感一直切入她灵魂深处去，使她浑身惊颤而发抖了。张开嘴来，她大叫："你不能碰我！你才会下地狱！你才会上刀山！放开我！放开我！碰了我，你会被天打雷劈……"

他狠狠地甩了她一耳光，正巧打在她的左耳上，她耳朵中一阵嗡嗡狂鸣，眼前金星直冒，头脑里的思想全乱了，额上，大粒大粒的汗珠滚了出来。她张着嘴，还想叫，但他用一只手，死命地蒙住了她的嘴，她叫不出声了。挣扎着，她使出浑身的力量，想逃出他那巨灵之掌。她那半裸的、纤细的、年轻得像嫩草般的、处女的身躯，因挣扎而扭动，雪白的肌肤，在灯晕下泛着微红，娇嫩得几乎是半透明的。这使他的兽性更加发作，欲火在他眼中燃烧，眼光喷着火般扫向她的全身上下。他挪开蒙住她的嘴的手，一把扯掉她的裙子，她乘机狠命地对他手腕咬去，他抓起她来，把她摔在床上，然后，他扑过来，先用她那件撕开的衬衫，绑住了她的嘴，用两只袖管，在她脑后打了个死结。

她喉中呜咽，徒劳地在床上挣扎，他再找了些绳子，绑起了她的手，把她双手摊开，分别绑在木板床的床柱上，她毫无反抗能力了，开始发疯般踢着腿。他站在床边，低头像欣赏艺术品似的看着她挣扎、扭曲、踢动……然后，他走到桌边拿起酒瓶，仰头喝了一大口，伸手把她身上仅余的那条底裤一把扯下……她悲鸣着，喉中只发出呜呜的声响，她的两条腿，依然在狂踢狂踹，他的大手，一把盖在她两腿之间，她浑身一颤，大眼睛里滚出了泪珠，一滴又一滴，疯狂地沿着眼角滚落。他把酒瓶中剩余的酒，倾倒在她胸前、小腹上、两腿间、大腿上……由于她挣扎得那么厉害，她的双腿终于也被分开绑住了。她成了一个"大"字,摊开在那张小床上,酒在她浑身上下流动。他笑着,笑得邪恶、狰狞而猥亵。低下头来,他开始吮着她身上的酒,从上到下。

她全身的肌肤都起了疙瘩,汗毛全竖了起来。恐惧和悲愤的情绪把她整个攫住了。她的眼睛大张着,看着天花板,似乎想看穿天花板,一直看到苍穹深处去,在那儿,有她的生父、生母、玉兰……和老师提到过的上帝。她睁大眼睛,眼光直透过天花板,她在找寻,她在看,她在呼号……上帝,你在哪儿?

同时,他的嘴,他的手,在她脸上身上腿上到处游走。她全身绷紧得像一把拉满了的弓。而她不能喊,不能动,不能说,她只能看……但,她不要看,她不敢看,她的目光始终定定地穿越着天花板,好像整个宇宙中的神灵,都列队在那苍穹中,注视着这小小屋顶下发生的故事。

他的身子终于压上了她的身子,一阵尖锐的痛楚直刺进她身体深处去。

从此,豌豆花没有再回到学校去上课。

第八章

豌豆花没再去上学,并不是鲁森尧的问题,而是豌豆花自己不去了。她所接受的教育,吸收的知识,已足够让她了解"羞耻"这两个字。自小命运多舛,她早就学会逆来顺受。

但是,这一次,她那生而具有的尊严,和埋藏在内心深处的某种自傲,某种冰清玉洁的自爱,一个晚上就被摧毁殆尽。

她还没有成熟到可以很理性地分析自己,也没成熟到去找条路逃离自己的噩运。她常在报纸上看到"小养女离家出走"之类的新闻,她却不知道自己如果出走,茫茫人海能走到何处去?不,她从未想过出走,她早就习惯于去接受命运。

而且,她越来越相信,自己是生来的"克星",克父克母克弟妹亲人,如今,该轮到克自己了。

自从被玷污后,豌豆花有好几天不能下床。

鲁森尧在酒醒后,发现自己做的好事,也曾有过一刹那间的"天良发现"。他出去给豌豆花买了件花衣裳（用豌豆花卖奖券赚的钱），又买了些面包蛋糕等食物给她吃。但，她把食物放在一边，也无视那件新衣，只是恹恹地躺着。她厌恶自己，轻蔑自己，恨自己，觉得自己肮脏而污秽……她什么都不想，只是奇怪父母为什么不把她接了去，难道她在人间受的劫难还没有满？还是她不配进天堂？是的，在经过这件事后，她是不配进天堂了！她深信自己如果死了，是会下地狱的。一个不满十二岁的女孩，竟满脑子死亡，竟不知"生"的乐趣，那就是当时的豌豆花了。

躺了几天后，鲁森尧的火气又发作了，原形又毕露了。他把豌豆花从床上拎起来，把面包摔在她怀里，大吼大叫地说："你躺在那儿装什么蒜？你存心想赖在床上不工作是不是？你再不给我起床，我拿刀子划了你的脸！"说着，他真的去找刀子。

豌豆花知道他说做就做的，她爬下了床，胡乱咀嚼着那干干的面包，然后，去厨房把自己彻彻底底地清洗过。鲁森尧依旧在外屋里咆哮："别以为你是什么了不起的大小姐！你妈偷了汉子生下你来！你打娘胎里就带着罪恶！你诱惑我！你这个小妖精！你生下来就是个小妖精！"他越骂越有劲，这些话一出口，他才觉得这些话明明就是"天理"。他，四十来岁的人了，怎么会对个小女孩下手？只因为她是个小妖精，小妖精施起法术来，连唐三藏都要闭目念佛。这一想，他的"犯罪感"完全消失无踪，而豌豆花又"罪加一等"。

"你少装出委屈样子来，你这个小婊子，你心里大概还高兴得很呢！我告诉你！这件事你给我闭起嘴来少说话！如果说出去，我就告诉你老师，是你脱光了诱惑我！是你！是你！是你……"

豌豆花逃出了那间小屋，开始去卖奖券。学校，她是根本不敢回学校了。

鲁森尧第二个月就带着豌豆花搬了家，他心中多少有些忌讳，左右邻居对他们已经知道得太清楚了。接连三个月，他连换了三个地方，最后，搬到松山区的一堆木造房子里，这儿的房租更便宜，他干脆把奖券和香烟摊放在房门口卖，有豌豆花守着摊子，生意居然不错。

豌豆花已经跌进了地狱的最最底层。

以前卖奖券，还可以逃开鲁森尧，现在，奖券摊就放在家门口，她连逃都无处可逃。好在，鲁森尧嗜酒成性，居然和巷口一个糟老头交了朋友，那糟老头姓曹，因为实在穿得拖泥带水，整天没有清醒的时候，大家就叫他糟老头。糟老头跟儿子媳妇一起住，已经七十几岁了，儿媳妇不许他在家里酗酒，他就在巷子里的小饭店里酗酒。鲁森尧也常去小饭店，两人就经常在饭店里喝到"不醉不归"。鲁森尧醉了还知道回家，糟老头每次都得被他儿子来扛回去。那糟老头也爱唱评剧，偶尔来豌豆花家喝酒，常和鲁森尧一人一句地胡乱对唱着，唱的无非是些"英雄落难"的玩意儿，然后糟老头就骂儿子儿媳妇不孝，鲁森尧就骂豌豆花克父克母克亲人。

在这几个月里，豌豆花和鲁森尧间的"敌对"，已越来越尖锐。任何坏事情，如果顺利地有了第一次，就很难逃过第二次。鲁森尧自从强暴了豌豆花以后，食髓知味，没多久，就又如法炮制，把她五花大绑地来了第二次。然后，他懒得绑她了，只要兽性一发作，就给她几耳光，命令她顺从。豌豆花是死也不"从"的。于是，挨打又成了家常便饭，每次，豌豆花都被打得无力还手后，再让他达到目的。真的，她认为自己已经跌进地狱的底层了。

她变得非常沉默了。常常整天都不开口，也不笑，她原是朵含苞待放的花，如今，却以惊人的速度在憔悴下去。她瘦了，脸颊整个削了进去，下巴尖尖的，大眼睛深幽幽的，带着早熟的忧郁。常常坐在奖券摊前，痴痴地看着街道，看着过往的车辆行人，看着会笑会闹的孩子，怀疑着自己是人是鬼是扫把星还是妖精？

秋天的时候，有一只迷了路、饿坏了的小狗爬到豌豆花脚下瘫住了。豌豆花注视着它，那小狗睁着对乌溜滚圆的眼睛，对豌豆花哀哀无告地、祈求地凝视着。这又唤醒了豌豆花血液里那种温柔的母性，她立刻去弄了碗剩菜剩饭来，那狗儿狼吞虎咽地吃了个干干净净。从此，这只小狗就不肯走了。豌豆花那么寂寞，那么孤独，她悄悄地收养了小狗，给它取了个名字，叫"小流浪"。

"小流浪"是只长毛小种狗和土狗的混血种，有长而微卷的毛，洗干净之后，居然是纯白和金黄杂色的。两个耳朵是金黄色，背脊上有一块金黄，其余都是白色。颜色分配得很平均，因此，是相当"漂亮"的。

豌豆花忽然从没有爱的世界里苏醒了，她又懂得爱了，她又会笑了，她又会说了。都是对小流浪笑，对小流浪说。她拿着自己的梳子，细心地梳着小流浪的长毛，还用毛线把那遮着它眼睛的毛扎起来，喊它："小心肝，小宝贝，小流浪，小东西，小美丽，小骄傲，小可爱，小漂亮，小乖乖……"

一切她想得出来的美好名称，她都用在小流浪身上。她也会对着小流浪说悄悄话了："小流浪，如果有个仙女，给我们三个愿望，我们要什么？"

她摸摸小流浪那潮湿的黑鼻头，警告地说："当然，你绝对不可以要香肠，那太傻了！"她侧着头想了想，"我会要爸爸和玉兰妈妈复活。"她对自己的生母，实在连概念都没有，她只记得玉兰。"我会要恢复山上的生活，当然有光宗光美。"对她而言，山上的童年就是天堂了。"我还要……哎呀，"她紧张起来，三个愿望已经说掉两个了。"和我的小流浪永不分离，快快乐乐地生活在一起！"说完了三个愿望，她笑了。小流浪感染了她的喜悦，汪汪叫着，扑在她肩头，用舌头舔她的面颊和下巴。她多开心呀！把小流浪的脖子紧紧抱着，把面颊埋在它脖子上的长毛里。她静了片刻，又不禁悲从中来。"小流浪，"她低语，"我什么都没有！我只有你，只有你。"

鲁森尧冷眼旁观着豌豆花和小流浪间的友谊，他不表示什么。可是，小流浪只要不小心挨近了他，他准会一脚对它踢过去，踢得小流浪"嗷嗷嗷"地哀鸣不止，每当这时候，豌豆花就觉得比踢自己一脚还心痛。于是，鲁森尧借机对豌豆花说："你一切听我的话就没事，要你做什么，你就做什么，如果你不听话，我就把小流浪杀了下酒吃！狗肉大补，我看小流浪越来越胖，吃起来一定美味无比！"

  这把豌豆花吓坏了。她知道鲁森尧确实吃狗肉，每年冬天，他都会不知从哪儿弄回几条野狗，煮了配酒吃。这个"威胁"，比肉体上任何惩罚都有用，豌豆花再也不敢反抗鲁森尧了。不论什么凌辱，她都承受着。即使如此，鲁森尧那垂涎欲滴的眼光，仍然常常溜到小流浪身上去。于是，豌豆花从不敢让小流浪离开她的视线，私下里，她对着小流浪的耳朵，警告了千遍万遍："小流浪，你记着记着，千万要躲开他啊！"

  小流浪也是只机灵的狗，它早就发现鲁森尧的脚边绝非安乐地。事实上，它一直躲着鲁森尧。但，它只是一只狗，一只忠心的、热爱着主人的狗，它对豌豆花，已变得寸步不离，同时，懂得分担豌豆花的喜怒哀乐了。它并不知道，这种"忠实"会给它带来灾难。

  事情发生的那一夜，时间并不太晚，大约只有九点多钟。

  鲁森尧又喝得半醉，和糟老头在小饭馆分手，他回到家里。

  豌豆花已经睡了，最近，她一直昏昏欲睡。鲁森尧推开她的房门，发现她蜷缩在床上，白皙的面颊靠在枕上，乌黑的头发半掩着脸儿，身子拥紧了棉被……那是冬天了，天气相当冷。鲁森尧走过去，斜睨着她的睡态。在床前，小流浪的毛开始竖起来，喉咙里呜呜作声。

  豌豆花立刻醒了，睁开眼睛，一眼看到鲁森尧那向她逼近的脸孔，她就知道又要发生什么事了。但，那天她很不舒服，白天在门口卖奖券，吹了太多冷风，她已经感冒了。鲁森尧那带着酒味的脸孔向她一逼近，她简直压抑不住自己的嫌恶，本能地，她一翻身就躲了开去。这使他大怒如狂了。他伸手把她拉了过来，怒吼着说："你要死！躲什么躲？"说着，就用手背甩了她一耳光！

"脱掉衣服！快！"

"不！"她不知怎的反抗起来，"不要！不要！我生病了……"

"你生病了？你还要死了呢！……"鲁森尧开始去扯她的衣服，因为是冬天，被又很薄，她穿了件棉袄睡，一时间，他竟扯不下来，这使他更加怒火中烧，"你脱呀！脱呀！"他叫着，"小婊子！你快脱……"

"不！"豌豆花赤脚跳下了床，想往门外跑。

"站住！"鲁森尧伸手就扯住她的手腕，把她的手腕往背后用力扭转，疼痛使豌豆花忍不住叫了起来。这一叫，使那早已浑身备战的小流浪完全惊动了。它飞快地跃起身来，狂吠一声，张开嘴，死命咬住鲁森尧脚踝上。鲁森尧大痛又大惊，松开了豌豆花，豌豆花逃向卧房门口，嘴里尖叫着："小流浪！快跑！小流浪，快跑！"

小流浪不跑，它咬住它的敌人，就是不松口，它完全忘记，它只是只体型很小的混种狗，并没有"真材实料"，更没有打斗经验。鲁森尧被豌豆花一叫，酒也醒了大半。这下子，怒火把他整个人都燃烧了起来，他弯下身子，用双手叉住了小流浪的脖子，轻易地就把那只小狗拎了起来。豌豆花心惊肉跳,开始尖声求饶:"放了它,我依你!我什么都依你!"

太迟了。鲁森尧已把小流浪用力砸向水泥墙上,小流浪的脑袋"咚"的一声,正正地撞在墙上面,身子就直直地落了下来。鲁森尧不放过它,追过去,他用穿着大木屐的脚对着小流浪的脑袋,一脚,又一脚,一脚,又一脚地跺下去。豌豆花扑过来,开始尖叫:"你杀了它了!你杀了它了!你杀了它了……"

地上,小流浪的嘴张着,血流了一地,眼睛凸着,已断了气。豌豆花俯身看了看,知道什么都晚了,知道小流浪死了。这一下,积压在她内心中所有的悲愤全在一刹那间爆发,她忘了对他的恐惧,忘了一向的逆来顺受,忘了自己斗不过他,忘了一切的一切。她疯狂般地扑向他,伸手对他的脸孔狠狠一抓,哭着尖叫:"你是凶手!你杀了它!你是凶手!你杀了它!你这个魔鬼!魔鬼!魔鬼……"

她一面尖叫,一面展开了她这一生都未曾有过的反抗,她又抓又咬又踢又踹,完全丧失了理智。鲁森尧试着去制伏她,嘴里喊着:"你疯了!你疯了!你疯了!"

豌豆花是真的疯了。她不顾一切地咬住鲁森尧的手指,鲁森尧又惊又怒,故伎重施,他抓住了她的头发,把她拖向床边,可是,豌豆花似乎预备拼命了,她的手伸向他的脸,直对他的眼睛挖去。鲁森尧差点儿被她伤到,他一偏身子躲过,脸上已热辣辣的一阵刺痛。他相信脸上留下指痕了,这使他惊觉到,面前不再是个"孩子",而是个危险的、发了疯的小女人。他不想跟她缠斗了,摔开她,他奔出了她的卧房,谁知道，豌豆花却继续喊着："魔鬼！魔鬼！魔鬼……"

一面继续对他冲过来。他奔进了厨房，厨房内，煤球的火还燃着。（那时一般穷人家都用煤球，煤球上有孔，两个煤球接起来，炉火可终夜不熄灭。）他眼看豌豆花如疯子般对他扑来，他竟随手抓了一卷起火用的报纸，伸进炉火里去点燃，嘴里威胁着："你再过来，我就烧死你！"

豌豆花根本没有理智了，多年来压抑在心头的耻辱、愤怒、悲痛、委屈、恐惧……全因小流浪的被杀而爆发了。她恨透了面前这个人！恨死了面前这个人！恨不得杀了他！恨不得咬死他！她根本听不到鲁森尧在吼些什么，根本看不到那燃烧着的报纸卷，她只是不顾一切地扑上前去，嘴里不停地尖声大叫："魔鬼！魔鬼！魔鬼……"

鲁森尧眼看她伸着手冲过来，眼光发直，里面燃着疯狂的、仇恨的怒火。他大惊，立刻用烧着的报纸去烧她的头发，嘴里也大叫着："你存心要找死！你存心要找死！"

火焰卷住了豌豆花的头发，立即，那长发开始发出一串细小的噼里啪啦声，就往上一路卷曲着绕过去。豌豆花闻到了那股强烈的头发烧焦味，同时，感到那热烘烘的火焰在炙烤着她后颈的肌肤，烧灼的痛楚使她惊跳……她有些醒觉了，顿时，觉得肩上那件棉袄也发起烫来，并延伸到袖管里去。而头顶上，头发更加迅速地在烧焦，在卷曲，在灼热。她终于发出一声尖厉的惨叫，冲出了厨房，带着满身的浓烟和烧着的长发，奔向那灯火依旧明亮的街头……

第九章

同一时间,秦非的车子正好停在这条街道上,而秦非,也正好拎着他的医药箱,走回他的车子。

秦非是来为一个病人出诊的,那病人害的是肝硬化,实际上只是拖时间而已。这一带都是些穷苦人家,害了绝症也往往无法住医院,只能在家中等待死亡。秦非是某公立医院的医生,虽然下班后没他的事,但他那年轻的、充满热情的心,和要济世救人的观念还牢牢地抓着他。所以,每晚,他总是开着车子,带着他的医药箱,去看那些无力住院的病患者。能治疗的,他一定尽力为他们治疗。不能治疗的,他最起码可以开些药为他们止痛或减轻痛苦。

秦非,今年才二十九岁,毕业于台大医学院,学的是一般内科。当初学医,是他自愿的,而不是父母代他选择的。他从小就有种悲天悯人的狂热,认为只有学医,才能救人于痛苦折磨中。

当正式医生，已经三年了，在这三年中，他看尽了形形色色的病人。有时，他甚至会怀疑自己学错了科系，干错了行。因为，他始终无法很平静地面对"痛苦"和"死亡"。他总会把自我的感情投注在病患的身上，这使他自己十分苦恼，许多时候，他会忘掉自己面对的是一种"科学"的疾病，而认为，是面对一种邪恶的"敌人"。最痛苦的事，莫过于眼看着"敌人"把他的病人一点一滴地"吃"掉，自己却束手无策。这种时候，他的情绪就会变得很坏、很消沉、很无助。难怪他那学护理的妻子方宝鹃常常又爱又怜又无奈地说："秦非当初应该去学神学，当神父对他可能更合适，医生只解除病人生理的痛苦，他连别人心理的痛苦和灵魂的去处都要考虑。他真是……感情太丰沛了！"

方宝鹃比秦非小四岁，她是他的护士。医生和护士结婚似乎已成一种惯例。可是，秦家和方家事实上是世交，他们在童年时就玩在一起，秦非始终是方宝鹃心目中的"王子"。

当秦非立志学医时，那热爱文学的方宝鹃，就立志学了"护理"。这段婚姻的感情基础，说起来实在很动人，尽管在表面上很"平凡"。人类许多"不平凡"的故事，都隐藏在"平凡"之中。他们新婚才一年，刚刚成立了小家庭，夫妇两个都在公立医院做事，她依然是他的助手。

医生和护士的待遇都不低，他们生活得相当不错。只是，秦非那不肯休息的个性，那对病人的关切，使他从早忙到晚，宝鹃没有怨言，她从不抱怨秦非的任何行动。相反的，她发现自己也越来越受他影响，变得柔软、热情而易感起来。他们都很热于把自己多余的时间,投注在病患身上。因此,这晚,当秦非正在松山区为"肝硬化"患者免费治疗时,方宝鹃也在医院里为一位"胃出血"的老太太免费看护。

秦非这晚的情绪又很沉重,因为那姓赵的病人没多久可活了,最使他难过的,是这病人才四十岁,正当壮年,应该还有无限的人生让他去享受,而病魔却毫无理由地"选择"了他。

他拎着医药箱,正往自己的车子走去。

忽然间,他听到满街的人都在惊呼着向一个方向奔跑着。

本能告诉他,有什么事发生了。他跟着跑了两步,放眼看去,一个惊人的景象几乎使他呆住了。

豌豆花的棉袄已经烧着了,头发都烧焦了,带着浑身的烟雾,她正发疯般地在街上狂奔,双手无助地飞舞,嘴里尖声哭叫着:"魔鬼!魔鬼!魔鬼……"

秦非的医药箱掉在地上了,他情不自禁地喊出一声:"天啊!"

然后,想也没想,他就往那"着火的女孩"奔过去,一面飞快地脱下自己的西装上衣,从那女孩头上罩下去,然后,他紧紧地抱住女孩,隔着上衣,扑打着,要打灭那些火,同时,他发现女孩的裤管也有焦痕和火星,仓促中,他赤手就去抓灭它。女孩的头蓦然被蒙住,又感到有人捉住了自己,她似乎更昏乱了,她拼命挣扎,在外衣蒙罩下呜咽地狂喊:"魔鬼……魔鬼……魔鬼……"

秦非把上衣拿开,再用上衣去扑灭豌豆花身上其余的火星，嘴里急促地安慰解释着："不要紧，不要紧，火都扑灭了！来，让我看一下！来！"

他抓住豌豆花的胳膊，定睛去注视面前这个女孩。满头烧得乱七八糟的头发仍然发着焦臭，奇怪的是面孔上丝毫没有波及，那张吓得惨白的脸孔姣好细致，一对大大的眸子，似乎承载了对全世界的仇恨、悲痛、狂怒……这女孩身上的火是扑灭了，眼睛里的火却燃烧得那么猛烈，似乎可以烧掉整个世界。这张带着烧焦了头发的面孔简直是怪异的，给人一种强烈得不能再强烈的感觉：怪异，却美丽！令人震撼的某种美丽！秦非眩惑地抽了口气，开始去检查她身上的伤势，她肩上的棉袄已成碎片，肩头的肌肤，已严重地受到灼伤。而最严重的，是这孩子显然已陷入歇斯底里的状态中。即使火已扑灭，尽管秦非在检视她和安慰她，她始终没有停止挥舞她的手臂，始终在尖锐地、重复地、悲愤地喊着："魔鬼！魔鬼！魔鬼！魔鬼……"

没时间耽误，这孩子要立刻接受治疗。秦非抬眼看了看，周围已围满了看热闹的人群。他用自己的外衣，把豌豆花全身裹住，一把就抱了起来，对那些围观的群众大声地嚷着："谁是这孩子的父母？"

围观的群众你看我，我看你，没有人回答。

"好！"秦非说，"我是秦医生，赵家认得我，我带她去医院，你们转告她的家长，到某某医院来找我！"

说完，他抱着豌豆花就向车子的方向走去。一个好心的围观者，拾起了秦非的医药箱，送到车子上去。

豌豆花终于不叫了，睁着眼睛，她困惑地、迷失地、茫然地看着那抱着自己的人。痛楚从她的肩头往四肢扩散，她微张着嘴，想弄清楚是怎么回事，但是，过度的愤怒、惊恐和疼痛终于使她失去了知觉。

秦非把她放进车子的后座，用外衣垫住她受伤的肩头和颈项。

他发动了车子，飞快地向医院疾驶。

这女孩使医院里忙了一整夜。

完全是秦非的面子，他把外科、内科、皮肤科和妇科医生在一夜间全请来会诊。当那女孩注射过镇静剂，又敷好了全身各处伤口，终于沉沉入睡时，大家才聚集到内科章主任的办公厅里来讨论，时间已经是黎明了。

室内，除了章主任和秦非，还有宝鹃，她几乎整夜都陪着每位大夫检查豌豆花。另外，还有外科的黄大夫、妇科的俞大夫，大家的脸色都异常沉重，宝鹃手里，握着一张非正式的检查记录，是她自己记上去的。

"我必须告诉你们大家一件事，一件连我自己都不敢相信的事情。"说话的是妇科的俞大夫，他是最后诊察豌豆花的一位医生，是宝鹃和秦非都认为有此必要而请来会诊的，"那女孩并不是腹部水肿，而是怀孕了！"

"什么？"章主任吓了一大跳，他是唯一没有亲自参加诊断的医生，"那只是个孩子呀！"

"是的，是个孩子！"俞大夫面色凝重，"但是，我们都知道，只要女孩子开始排卵，就可以受孕！世界上最年轻的母亲，才只有五岁大！"

"怀孕？"秦非注视着俞大夫，不停地摇着头，沉痛地说，"我已经怀疑了，只是不敢相信！她那么小，看起来还不满十二岁！俞大夫，你确定没有弄错？"

"小秦，"俞大夫看着秦非，"其实，你自己已经诊断出来了，你不过要再请我来证实一下而已！是的，她怀了孕，我确定没有弄错！"

"老天！"宝鹃舞着手里那张记录单，"我还是不能相信，谁会对一个孩子做这种伤天害理的事？"

"一定有人做了伤天害理的事！"俞大夫接着说，"她不但是怀了孕，而且，起码已经有四个月了，胎儿的心跳都可以听到了，当然，我明天可以再给她做更精密的检查，等她清醒了，或者可以肯定一下怀孕多久了！"

"我猜，那孩子百分之八十根本不知道自己怀孕了！"宝鹃说，又看着那张记录单，"你们认为头发和衣服着火是意外吗？火会从背后的头发烧起吗？"

"而且，"黄大夫说，"她身上的新旧伤痕，大约有一百处之多，左额上方，还有个两寸长的伤疤，显然是铁器所伤，伤疤愈合得极不规则，当初受伤时没有缝过线，至于灼伤，这不是第一次……"

"那么，你和我的看法一样，"秦非咬着牙说，"虐待！她受了虐待！"

"是，她受了虐待！"黄大夫肯定地回答，"不是短时期的虐待，是长时期的虐待！我还只给她做了初步检查，已经够瞧了！但是，我建议用三天时间，给她彻底检查一遍，包括骨科、内科和泌尿科！"

章主任靠在办公桌上，燃起一支烟，注视着秦非。他的脸色疲倦而悲痛。

"我不懂怎么有这种事情！小秦。"医院里的医生都称呼秦非为小秦，因为他是医院里最年轻的医生，"你知道现在必须做的事是什么？是马上去把她的父母找来！这孩子是你捡来的，我看，你再去把她父母找来，让我们弄弄清楚。即使要进一步检查，也要和她的家长取得联系，何况，怀了四个月的身孕，这事不只牵连医学，甚至牵连到道德和法律！"

"她可能被强暴过，而家长不愿报案……"宝鹃说，"许多家长为了女儿的名誉，都不肯报案……"

"没有那么单纯！"俞大夫猛摇着头，深吸了一口烟，"如果是强暴，这个男人一定在经常强暴她……"

"老天！"宝鹃走到窗边去透口气，脸色相当苍白，"秦非，"她说，"你确实告诉清楚了那些人，是这家医院吗？为什么父母到现在没出现？"

"我怀疑……"秦非慢吞吞地说，回忆着豌豆花大叫"魔鬼"的神情，他猛地打了个冷战，"我怀疑有个魔鬼，我要去把那个魔鬼抓出来！"

"不只是个魔鬼，而且是个禽兽！"黄大夫说，"不过，这些伤痕，和怀孕可能是两回事……"

"难道还有两个魔鬼不成？"秦非激动地嚷。

"看看这个！"宝鹃把记录单放在秦非面前，"看一看，我知道你已看过，但不妨再看一遍！"

秦非早已参与过检查，仍然不相信地再一次地看那记录：灼伤、刀伤、不明原因伤、鞭痕、勒痕、掐伤、瘀紫、肿伤、拧伤、刮伤、抓伤、咬伤、钝器打击伤……一大串又一大串，分别列明着大约受伤时间，三年？四年？五年？甚至更久以前。

"想想看，"宝鹃比秦非还激动，"四年前，这孩子能有多大？她身上累积的伤痕，起码有三四年了！会有人忍心用钝器打一个七八岁孩子的脑袋吗？……"

秦非往办公厅外面就走。宝鹃伸手一把拉住他："你要去哪儿？"

"去找出那个魔鬼来！"秦非咬牙说，"我要把他找出来！在他继续摧毁别的孩子以前，我要把他从人群里揪出来，我要让他付出代价！我要送他进法院！这种人，应该处以极刑，碎尸万段！"

"我看，"章主任拦住了他，"今天大家都累了，医院里还有上千个病人呢！不如大家都休息一下，说不定等会儿，那父母会出现，给我们一个合理的解释！""你知道吗？"秦非瞪大眼睛说，"这孩子身上，绝不可能有合理的解释！每个孩子的生命中，都可能会碰到一两件意外，但，不可能碰到一百件意外！你们没有目睹那孩子全身冒烟地在街上狂奔，没有听到她惊恐地呼叫魔鬼……"

"对了！"俞大夫打断了秦非，"如果要彻底检查这孩子，我们还需要一个精神科的大夫！"

秦非住了口,大家彼此注视着。在医院里,你永远可以发现一些奇怪的病例,但是,从没有一个病例,像这一刻这样震撼了这些医生。

豌豆花在第二天的黄昏时才清醒过来。

睁开眼睛,她看到的是白白的墙,白白的床单,白白的天花板,白白的橱柜……一切都是白。她有些恍惚,一切都是白,白色,她最喜欢白色,书本里说过,白色代表纯洁。她怎么会到了这个白色世界里来了呢?她闪动着睫毛,低语了一句:"天堂!这就是天堂了!"

她的声音,惊动了守在床边的宝鹃。她立刻俯下身子去,望着那孩子。豌豆花的头发,已被修剪得很短很短,像个理了平头的小男生,后颈上和肩上,都包扎着绷带,手腕上正在做静脉注射,床边吊着葡萄糖和生理盐水的瓶子,腿上、腰上,到处都贴着纱布。她看来好凄惨,但她那洗净了的脸庞,却清秀得出奇,而现在,当她低语:"天堂,这就是天堂了!"的时候,她的声音轻柔得像涓涓溪流,如水,如歌,如低低吹过的柔风。而那对睁开的眼睛,由于并不十分清醒,看起来蒙蒙然、雾雾然。她那小巧玲珑的嘴角,竟涌出一朵微笑,一朵梦似的微笑,使她整个脸庞都绽放出光彩来。宝鹃呆住了,第一次,她发现这女孩的美丽。即使她如此狼狈,如此遍体鳞伤,她仍然美丽,美得让人惊奇,让人惊叹!她俯头凝视她,伸手握住了她放在棉被外的手,轻声地问:"你醒了吗?"

豌豆花怔了怔,睫毛连续地闪了闪,她定睛去看宝鹃,真的醒了过来。

"我在哪里呢?"她低声问。

"医院。"宝鹃说,"这里是医院。"

"哦!"

豌豆花转动眼珠,有些明白了。她再静静地躺了一会儿,努力去追忆发生过的事。火、燃烧的头发、奔跑、厨房……

记忆从后面往前追。鲁森尧!魔鬼!小流浪……她倏然从床上挺起身子,手一带,差点儿扯翻了盐水瓶。宝鹃慌忙用双手压着她,急促地说:"别动!别动!你正在打针呢!你知道你受了很重的灼伤,引起了脱水现象,所以,你必须吊盐水!别动!当心打翻了瓶子!"

豌豆花注视着宝鹃,多温柔的声音呀,多温柔的眼光呀!多温柔的面貌呀!多温柔的女人呀!那白色的护士装,那白色的护士帽……她心里叹口气,神思又有些恍惚。天堂!那握着自己的、温柔而女性的手,一定来自天堂。自从玉兰妈妈去世后,自己从没有接触过这么温柔的女性的手!

有人在敲门,豌豆花转开视线,才发现自己独占了一间小小的病房。房门开了,秦非走了进来。豌豆花轻蹙了一下眉峰,记忆中有这张脸;是了!她想起来了!那脱下西装外衣来包裹她、来救助她的人!现在,他也穿着一身白衣服,白色的罩袍。哦!他也来自天堂!

"怎样?"宝鹃回头问,"打听出结果来了吗?"

"一点点。"秦非说,声音里有着压抑的愤怒,"有个姓曹的老头说,那人姓鲁,大家都叫他老鲁!至于名字,没人叫得出来，才搬到松山两个月，昨天半夜，他就逃走了！我去找了房东……"他蓦地住口，望着床上已清醒的豌豆花。

豌豆花也注视着他，她已经完全清醒了。她的眼睛又清澈，又清盈，又清亮……里面闪耀着深刻的悲哀。

"你去了我家？"她问，"你看到小流浪了吗？"

"小流浪？"秦非怔着。

"我的狗。"豌豆花喉中哽了哽，泪水涌上来，淹没了那黑亮的眼珠，"它还好小，只有半岁，它不知道自己那么小，它想保护我……"她呜咽着，没秩序地诉说着，"我……我什么都依他了，他……他不该杀了小流浪！我只有小流浪，我什么都没有，只有小流浪……他杀了小流浪！他……他是魔鬼！他杀了小流浪！"

秦非在床前坐下了，眼睛一眨也不眨地盯着豌豆花。

"哦，原来那就是小流浪，"他轻柔地说，"我和房东太太已经把它埋了。现在，你能不能告诉我们一些你的事呢？我今天去了松山区公所，查不到你的户籍，你们才搬来，居然没有报流动户口。"

豌豆花双眼注视着天花板，似乎在努力集中自己的思想。

泪痕已干，那眼睛开始燃烧起来，像两道火炬。秦非和宝鹃相对注视了一眼，都发现了这孩子奇特的美。那双眸忽而清盈如水，忽而又炯炯如火。

"他连搬了三次家。"她幽幽地说，"我想，他是故意不报户口的。"

"你指谁？姓鲁的？他是你爸爸吗？"

"我爸爸……"她清清楚楚地说,"我爸爸在我五岁那年就死了!"

"哦!"秦非盯住她,"说出来!说出你所有的故事来!只要是你知道的,只要是你记得的!说出来!"

说出来!多痛快的事啊!把一切说出来!她的耻辱,她的悲愤,她的痛苦,她的厄运……如果能都说出来!她的眼光从天花板上落到秦非身上:那来自天堂的男人!她再看宝鹃:那来自天堂的女人!于是,她说了!

她说了!她什么都说了!杨腾、玉兰妈妈、光宗、光美、煤矿爆炸、乌日乡、阿婆、玉兰再嫁、秋虹、水灾、弟妹失踪、鲁森尧认了玉兰和秋虹的尸、离开乌日乡、卖奖券、被强暴的那夜……她说了,像洪水决堤般滔滔不绝地说了,全部都说了。包括自己是鬼、是妖精、是扫把星。包括自己克父、克母、克弟妹、克亲人、克自己,甚至克死了小流浪。

她足足说了两个小时。说完了"豌豆花"的一生……从她出世到她十二岁为止。

秦非和宝鹃面面相觑,这是他们这一生听过的最残忍最离奇的故事。如果不是豌豆花就躺在他们面前,他们简直不能相信这个故事。当他们听完,他们彼此注视,再深深凝视着豌豆花,他们两人都在内心做了个决定:豌豆花的悲剧,必须结束,必须结束!

(第一部完)

第二部
洁舲

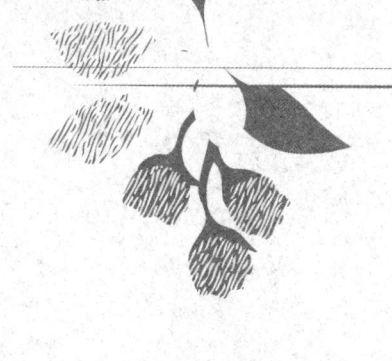

「洁舲,」他念着这名字,「很美的名字,恰如其人。很美的意境,洁舲!何洁舲!」

他看着她笑,又发现一件从来没有过的事:洁舲。从没听过这么好听的名字。

第十章

一九七五年，夏天。

植物园里的荷花正在盛开着。一池绿叶翠得耀眼，如盏如盖如亭，铺在水面上。而那娇艳欲滴的花，从绿叶中伸出了修长的嫩秆，一朵朵半开的、盛开的、含苞的、欲谢的……

全点缀在绿叶丛中。粉红色的花瓣，迎着那夏日午后的骄阳，深深浅浅，娇娇嫩嫩，每一朵都是诗，每一朵都是画。

展牧原拿着他的摄影机，把焦点对准了一朵又一朵的荷花，不住地拍摄着。他已经快变成拍摄荷花的专家了，就像许多画家专画荷花似的，原来，荷花是如此入画的东西。你只要去接近了它，你就会为它着迷。因为，每一朵荷花，都有它独特的风姿和个性，从每个不同的角度去拍摄，又有不同的美。

他看中了一朵半开的荷花，它远离了别的花丛，而孤独地开在一角静水中,颇有种"孤芳自赏"的风韵。那花瓣是白色的,白得像天上的云,和那些粉红色的荷花又更加不同。

他兴奋了,必须拍下这朵荷花来,可以寄给《皇冠》作封面,每年夏天,就有那么多杂志选"荷花"来作封面!

他对准了焦距,用 zoom 镜头,推近,再推近,他要一张特写。他的眼光从镜头中凝视着那朵花,亭亭玉立的枝秆,微微摇动着:有风。他想等风吹过,他要一张清晰的,连花瓣上的纹络都可以拍摄出来的。他的眼光从花朵移到水面上。

水面有着小小的涟漪,冒着小小的气泡,水底可能有鱼。他耐心地、悠闲地等待着。他并不急,拍好一张照片不能急,这不是"新闻摄影",这是"艺术摄影"。见鬼!当初实在该去学"艺术摄影"的,"新闻摄影"简直是埋没他的天才……不忙,可以拍了。水面的涟漪消散了,静止了。他呆住了,那静止的水面,有个模糊的倒影,一个女人的倒影,戴了顶白色的草帽,穿了件白色的衣裳,旁边是朵白色的荷花。他很快地按下了快门,拍下了这个镜头。

然后,出于本能,他把摄影机往上移,追踪着那白色倒影的本人,镜头移上去了,找到了目标。那儿是座小桥,桥栏杆上,正斜倚着一个女人。白色的大草帽遮住了上额,几卷发丝从草帽下飘出来,在风中轻柔地飘动,这发丝似乎是她全身一系列白色中唯一的黑色。她穿了件白纺纱的衬衫,白软绸的圆裙,裙角也在风中摇曳,她的腿美好修长,脚上穿着白色系着带子的高跟鞋。他把镜头从那双美好的脚上再往上移,小小的腰肢,挺秀的胸部,脖子上系了条白纱巾,纱巾在风中轻飘飘地飘着；镜头再往上移，对准了那张脸，zoom到特写。他定睛凝视，有片刻不能呼吸。

那是张无懈可击的脸！尖尖的下巴，小巧玲珑的嘴，唇线分明，弧度美好。鼻梁不算高，却恰到好处地带着种纯东方的特质，鼻尖是小而挺直的。眼睛大而半掩，她正在凝视水里的荷花，所以视线是下垂的，因而，那长长的密密的睫毛就美好地在眼下投下一排阴影，半掩的眸子中有某种专注的、令人感动的温情，白草帽遮住了半边的眉毛，另一边的眉毛整齐而斜向鬓角微飘。柔和。是的，从没见过这种柔和。

宁静。是的，从没见过这种宁静。美丽。是的，她当然是美丽的（却不能说是他没见过的美丽），可是，在美丽以外，她这张脸孔上还有某种东西，是他从来没有见过的！他思索着脑中的词汇，蓦然想起两个字：高贵。是的，从来没见过的高贵。不过，不止高贵，远不止高贵，她还有种遗世独立的飘逸，像那朵白荷花！飘逸。是的，从没见过的飘逸……还有，还有，那神情，那若有所思的神情，带着几分迷惘，几分惆怅，几分温柔，几分落寞……合起来竟是种说不出来的、淡淡的哀伤，几乎不自觉的哀伤。老天！她是个"奇迹"！

展牧原飞快地按了快门。偏左，再一张！偏右，再一张！

特写眼睛，再一张！特写嘴唇，再一张！头部特写，再一张！

发丝，再一张！半身，再一张！全景，再一张！那女人的睫毛扬起来了,他再zoom眼睛,老天!那么深邃乌黑的眼珠,蒙蒙如雾,半含忧郁半含愁……他再按快门!拜托,看过来,对了,再一张!再一张!糟糕,快门按不下去,底片用光了。

他拿下相机,抬头看着桥上的女人。她推了推草帽,正对这边张望着,似乎发现有人在偷拍她了。转过身去,她离开了那栏杆,翩然欲去。不行哪!展牧原心里在叫着,等我换胶卷呀!那女人已徐徐起步,向小桥的另一端走去了。展牧原大急,没时间换底片了,但是,他不能放掉一个"奇迹"!

他追了上去,脖子上挂着他那最新的装配Nikon,这照相机带上zoom镜头,大概有一公斤重,他背上还背了个大袋子,里面装着备用的望远镜头、标准镜头,足足有两公斤重。

他刚刚在匆忙间,只用了zoom镜头,实在不够。如果这"奇迹"肯让他好好地换各种镜头拍摄,他有把握会为这世界留下一份最动人的"完美"!

他追到了那个"奇迹"。

"喂!"他喘吁吁地开了口,"请等一下!"

那女人站住了,回眸看他。好年轻的脸庞,皮肤细嫩而白皙,估计她不过二十来岁。那大大的眼睛,温柔而安详,刚刚那种淡淡的哀伤已经消失,现在,那眸子是明亮而清澈的,在阳光照射下,有种近乎纯稚的天真。

"有什么事吗?"她问,声音清脆悦耳。

"是这样,"他急促地招供,"我刚刚无意间拍摄了你的照片……哦,我想,我还是先自我介绍一下。"他满口袋摸名片,糟糕,又忘了带名片出来!他摸了衬衫口袋、长裤口袋,又去翻照相机口袋。那"奇迹"就静悄悄地看着他"表演",眼底流露着几分好奇。他终于胜利地叫了一声,在皮夹中翻出一张自己的名片来了,他递给她。"我姓展,很怪的姓,对不对?不过,七侠五义里有个展昭,和我就是同宗。我叫展牧原,毕业于政大新闻系,又在美国学新闻摄影,回国才一年多。现在在某某大学教新闻摄影,同时,也疯狂地喜爱艺术摄影,帮好几家杂志社拍封面……"他一口气地说着,像是在作"学历资历报告",说到这儿,自己也觉得有些失态。失态。是的,从没有过的失态。他停住了,居然腼腆地笑了。

"名片上都有。"

她静静地看着他,又静静地去看那名片。展牧原,某某大学新闻系副教授。名片很简单,下面只多了地址和电话号码,事实上,他说的很多东西名片上都没有。教授,她再抬眼打量他,笑了……

"你看起来像个学生。"她说,"一点儿也不像教授。"

"是吗?"他也笑着,注视着她的脸庞,真想把她的笑拍下来,"能知道你的名字吗?"他问。

她很认真地看看他,很认真地回答:"不能。"

他怔了怔,以为自己听错了。他一生,还没有碰过这种钉子,以至于他根本不相信他的听觉。

"你说什么?"他再问。

"我说,我不想告诉你我的名字。"她清清楚楚地回答,字正腔圆。脸上,却依然带着恬静的微笑。

"哦！"他呆了两秒钟，勉强地挤出一个笑容，"你妈妈说，不能随便把名字告诉陌生人，也不能随便和陌生人讲话。因为，这社会上坏人很多。"

她看着他，微笑着不说话。

他没辙了，低头看到脖子上的照相机。

"那么，"他又有了精神，"让我再拍几张照，如何？到那边花架下面去拍。"

"不能。"她再说。

"啊？"他对她扑了扑身，"也不能？"他微张着嘴，他相信自己的表情有些傻。

"你已经拍过了，是不是？"她问。

"是的。"

"唉！"她轻叹了一声，"书本不能被盗印，艺术不能被伪造，我对我自己，是不是应该版权所有呢？"

"啊？"他的样子更呆了。

她扶了扶帽檐，举止非常优雅。转过身子，她预备要走开了。展牧原呆站在那儿，简直被"修理"得不太能思想了。

最主要的，是那少女从头到尾就没有一点儿火气，她平静而温柔，微笑而自然，却把他顶得一愣一愣的。平常，在学校里，他是最年轻最受学生欢迎的教授，他总以自己的口才而自傲。怎么，今天是吃瘪了呢！眼看，她已经往历史博物馆走去，他才惊觉过来，不行！他不能这样糊里糊涂地被打败，糊里糊涂地就撤退。尤其，她是个"奇迹"！不只"奇迹"，简直是种"惊喜"！尤其她给了他钉子碰，她更是个

"惊喜"！

他又追上去了。

"对不起，"他急急地说，"能不能再跟你讲几句话？"这次，他在她来不及回答以前已经飞快地帮她回答了，"当然不能！你这个傻瓜！"

这一次，她睁大了眼睛，瞅着他，眼里流露着惊讶，闪耀着阳光，然后，她就笑了起来。非常友善，非常温柔，非常可爱地笑了起来。一面笑，一面说："我并不是只会说不能两个字。"

"啊？是吗？"他问，紧紧地盯着她看。

"我不喜欢告诉别人名字，只因为觉得人与人之间，常常都是平行线。"她收起了笑，安详地说，一面继续往历史博物馆走，他就傻傻地跟在她身边，"平行线是不会交会的，于是，你知不知道别人的名字根本没关系，在这世界上，你又知道多少人的名字呢？你又忘掉了多少听过的名字呢？你会继续往你的方向走，对于另一条平行线上的名字和人物，完全不注意、不知道，也不关怀。人生就是这样的，绝大多数人，都活在自我的世界中，而自我的世界里，许多名字，都是多余的。"

他瞪着她，更惊奇了。她说的话，似乎远超过了她的年龄，而她又说得那么自然，丝毫没有卖弄的意味。她谈"人生"，就像她说"天气"一般，好像在说最普通的道理，连小学生都懂的道理一般。

"并不一定人与人之间，都是平行线，是吧？"他不由自主地说,"认识,就是一种交会,是吧?"

"交会之后就开始分岔,"她接着说,"越分越远。"

"你怎么能这样武断?"他说,"如果每个人都照你这样想,世界上就全是些陌生人了,什么友谊、爱情、婚姻……都无法存在了!这种思想未免太孤僻了吧!""我并没说我的思想是真理,也没勉强你认同我的思想。"她沉静地说着,走上历史博物馆的台阶,"我只是说我自己的想法而已。"

"你的想法不一定对。"

"我没说我的想法一定对呀!"

他又没辙了。本来就是呀,她没说自己一定对呀!

她去售票口买票,他惊觉地又跟了过去。

"你要参观历史博物馆?"他多余地问,问出口就觉得真笨,今天自己的表现简直差透了,"等一等,我也去!"他慌忙也买了张票,再问,"他们在展览什么?"

她冲着他嫣然一笑。

"你常常这样盲目地跟着别人转吗?"她问。

"哦!"他顿了顿,有些恼羞成怒了,他几乎是气冲冲地回答了一句,"并不是!我今天完全反常!我自己也不知道是怎么了!颠三倒四乱七八糟的,除了碰钉子,什么都不会!"

她不笑了,对他静静地注视着,静静地打量着,那眼光和煦而温暖,像个母亲在看她那摔了跤而乱发脾气的孩子一样。

然后,她说:"他们今天展出一百位书法家的字,不知道你对书法有没有兴趣?不过,无论如何,是值得看的!"

她语气里的"邀请",使他又振奋了。于是,他跟着她走进了历史博物馆,一屋子凉凉冷气迎接着他们。她开始看那些毛笔的巨幅书法,也看那些蝇头小楷,每张横轴立轴,她都看得十分仔细,而且不再跟他说话了。她的帽子已经取了下来,一头乌黑的长发如水般披泻在肩上。她看得那么专心,眼睛里亮着光彩,他对那些毛笔字看不出名堂,一心一意只想把她的神韵拍摄下来。然后,她停在一张立轴前面久久不去,眼光从上到下地看着那立轴,看了一遍又一遍,她眼里逐渐有些濡湿,一种被深深感动的情绪显然抓住了她,她瞪着那张字,痴痴地注视着。

他不由自主地,跟着她的眼光,去看那幅字。

那大约是幅行书,写的字行云流水,乌压压的一大篇。他定睛细看,是写的一首长诗。他对书法实在研究不够深,第一次,他发现连"字"都能"感动"人。他对那书法家已佩服得五体投地。站在她身边,他悄悄地、小声地、敬畏地问:"这字写得好极了,是吗?"

"不只是,"她轻声说,"这是我喜欢的一首诗,每次我看到这首诗,都会情不自禁地感动起来。"

"哦?"他慌忙去看那首诗,诗名是《代悲白头翁》,写得很长,他仔细念着:"洛阳城东桃李花,飞来飞去落谁家?洛阳女儿惜颜色,坐见落花长叹息。今年花落颜色改,明年花开复谁在?已见松柏摧为薪,更闻沧田变为海。古人无复洛城东,今人还对落花风。年年岁岁花相似,岁岁年年人不同……"

他还没看完这首长诗,她已经碰了碰他说:"走吧!"

他慌忙跟在她身边走开。

"你知道曹雪芹的《葬花词》?"她忽然问。

"是的。"他答,幸好看过《红楼梦》。

"我想,《葬花词》就受这首诗的影响。"她轻描淡写地说,"事实上,很多诗都是用不同的文字,表达相同的意思。你知道张若虚的《春江花月夜》吗?"她又忽然问。

他呆了。《春江花月夜》是一首诗吗?他以为是一部电影的名字。

"《春江花月夜》中有几句?"她没有为难他,自己背诵着,"江畔何人初见月?江月何年初照人?人生代代无穷已,江月年年望相似。不知江月待何人,但见长江送流水……这和刚刚那几句:古人无复洛城东,今人还对落花风。年年岁岁花相似,岁岁年年人不同……的意境是一样的。当然,写得最好的是'滚滚长江东逝水,浪花淘尽英雄。是非成败转头空。青山依旧在,几度夕阳红,'的句子,那种气魄就比用花与月来写,更有力多了!不过,这几句也是从苏东坡的大江东去,浪淘尽,千古风流人物中演变来的!"

他瞪着她,听呆了,看傻了。她已经不只是个"奇迹"和"惊喜"了,原来她还是本"唐诗"。

"能不能问你一句话,"他忘了禁忌和钉子,又冲口而出,"你是什么学校毕业的?"

"T大。中文系。"她居然回答了,歉然地笑笑,"我忘了,诗词一定使你很烦,现在大部分人都不念这些玩意儿。

不过，中国文学是很迷人的，那些意境，往往都写得非常深远。"她想了想，又问，"你觉不觉得，中国的诗词，都是很灰色？"

"是吗？"他仓促地反问，忽然间，觉得自己已经从"教授"被降格为"学生"了。

"你瞧，"她说，"什么青山依旧在，几度夕阳红。什么年年岁岁花相似，岁岁年年人不同。什么抽刀断水水更流，举杯消愁愁更愁。什么春蚕到死丝方尽，蜡炬成灰泪始干。什么君不见，黄河之水天上来，奔流到海不复回。君不见，高堂明镜悲白发，朝如青丝暮成雪。什么前不见古人，后不见来者，念天地之悠悠，独怆然而泪下。什么举杯邀明月，对影成三人。什么对酒当歌，人生几何，譬如朝露，去日苦多。……你瞧，随便念一念就知道，中国文人的思想是消极的，不是积极的。是吗？"

他真的由衷折服了。他从未想过中国文学思想这回事，听她这样一分析，似乎还颇有道理。

"或者，"他慢吞吞地说，"中国文人的思想都很深很透。人生，本来就只有短短数十年，这数十年间，又可能遇到一些不如意的事。就算事事都如意，就算成了英雄豪杰，叱咤风云，最后也不过落到大江东去，浪淘尽，千古风流人物的地步。所以，不是中国的诗词灰色，而是生命本身，到底有什么意义的问题。"

她第一次正视他，眼睛里闪着光彩。

"告诉我，"她说，"你认为生命本身，到底有什么意义？"

"有位哲学家，名叫普朗克，他说，生命的意义，在于超越自己，如果你超越自己，你就会快乐。"

"普朗克，没听说过。"她盯着他，"你认为他对吗？"

"不一定。因为没人知道如何超越自己，每个自我，对每个人来说，都是种极限，很少有人能超越自我。"

"那么，"她追根究底，"你认为生命的意义是什么呢？"

他迎视着她的目光，他们已走出历史博物馆，重新沐浴在夏季的阳光下。她的眼睛闪亮而带着热切的"求知欲"。

"谜。"他答了一个字。

她看着他，深思着。一时间，两人都很沉默。然后，她扬起头来，长发往后甩了甩，她爽朗地笑了。

"我喜欢你这种说法！"她喜悦地说，"谜。真的，这是很好的字！"

"如果我通过了你的考试，"他慌忙说，"我能不能知道你的名字了？"

她笑了。

"何洁舲。"她清脆地说，"人生几何的何，纯洁的洁，舟字边一个令字的舲，一条洁白的小船。"

"洁舲，"他念着这名字，"很美的名字，恰如其人。很美的意境，洁舲！何洁舲！"

他看着她笑，又发现一件从来没有过的事：洁舲。从没听过这么好听的名字。

第十一章

每天早上,都是洁舲最忙碌的时间。

她习惯于在凌晨六时就起床,梳洗过后,她就开始在自己房间里练毛笔字,她的字写得非常有力,完全是柳派,许多看过她的字的人,都不相信是女人写的。今晨,她没有用帖,只是随心所欲地在那大张宣纸上,写下一些零碎的思想:"生命的意义在于超越自己,谁说的?自己两字包括些什么?自我的思想、自我的感情、自我的生活、自我的出身、自我的历史、自我的一切。谁能超越自己,唯神而已。世界上有神吗?天知道。或者,天也不知道。生命的意义是什么?天知道,或者,天也不知道。谜。一个很好的字。与其用大话来装饰自我的无知,不如坦承无知。谜。一个很好的字。任何不可解的事,都是一个谜。未来也是一个谜。人就为这个谜而活着……"

她的字还没练完,房门上就传来"砰砰砰"的声响,接着，房门大开，八岁大的小珊珊揉着惺忪的睡眼，身上还穿着小睡衣，赤着脚，披散着头发，小脸蛋红扑扑的，直往她身边奔来，嘴里嚷着说："我不要张嫂，我要洁舲阿姨。洁舲阿姨，你帮我梳辫子，张嫂会扯痛我的头发！"

洁舲放下了笔，抬起头来，张开手臂，小珊珊一头就钻进了她怀里。张嫂正随后追来，手里紧握着珊珊的小衣服小裙子。洁舲笑着从张嫂手中接过衣服，说："我来弄她，你去照顾小中中吧！"

"小中中还赖在床上不肯起来呢！"张嫂无奈地笑着，胖胖的脸上堆满了慈祥，"我叫了三次了。他拱在棉被中直嚷：我等洁舲阿姨来给我穿鞋呀！我等洁舲阿姨来给我讲故事呀！我等洁舲阿姨来给我洗手手呀……这两个孩子，都让你惯坏了，晚上没有你就不肯睡，早上没有你又不肯起来。我说，洁舲小姐……"张嫂一开口就没完没了，"你实在太惯他们了！连他们妈都说，给洁舲宠坏了！将来离开了洁舲怎么办？"

小珊珊惊觉地抬起头来，用胳膊搂着洁舲的脖子："洁舲阿姨，你不会离开我们的，是不是？"

"是啊！"洁舲笑着答，闻着小女孩身上那种混合了爽身粉和香皂的味道。

"是啊！"张嫂笑着说，"人家洁舲阿姨守着你，一辈子不嫁人呢！"说完，她奔去照顾小中中了。

洁舲笑了笑，摇摇头，把毛笔套了起来，盖好砚台。然后，她拉着小珊珊，去自己的浴室，帮她洗了手脸。浴室中，早有为珊珊准备的梳洗用具,她又监督她刷好牙。然后,带回卧室里,她开始细心地给珊珊梳头发,孩子有一头软软细细、略带棕色的长发,这发质完全遗传自她母亲,遗传学实在是很好玩的事,珊珊像宝鹃,中中就完全是秦非的再版。

她刚刚给珊珊换好衣服,弄清爽了。小中中满脸稚气地冲了进来,手里紧抓着一撮生的菠菜,正往嘴里塞去,边塞边喊:"我是大力水手!我是大力水手!呵呵呵呵呵……"他学着大力水手怪叫,张嫂气急败坏地跟在后面喊:"中中!不能吃呀!是生的呀!有毒的呀……"

洁舲捉住了中中,从他嘴里挖出那生菠菜来,五岁的小中中不服气地瞪大了眼睛,问:"为什么大力水手可以吃生菠菜,我不能吃生菠菜?"

"因为大力水手是画出来的人,你是真的人!"洁舲一本正经地说,用手捏捏他胖乎乎的小胳膊,"你瞧,你是肉做的,不是电视机里的,是不是?"

中中很严肃地想了想,也捏捏自己的胳膊,同意了。

"是!"他说,"我是真人,我不是假人!"他心甘情愿地放弃了那撮生菠菜。

"唉!"张嫂摇着头,"也只有你拿他们两个有办法!一早上就吵个没完。秦医生昨天半夜还出诊,我看,准把他们吵醒了。"

"他们起来了吗?"洁舲低声问。

"还没有呢!"

"那么,"洁舲悄声说,"我带两个孩子去纪念馆散散步,回来吃早饭!"

"你弄得了中中吗?"张嫂有些担心。

"放心吧!"

于是,她牵着两个孩子的手,走出了忠孝东路的新仁大厦。秦非白天在医院里上班,晚上自己还开业,半夜也常常要出诊,总是那么忙,宝鹃就跟着忙。两个孩子,自然而然就和洁舲亲热起来了。可是,中中实在是个淘气极了的孩子,他永远有些问不完的问题:"洁舲阿姨,为什么姐姐是长头发,我是短头发?"

"因为姐姐是女生,你是男生!"

"为什么女生是长头发,男生是短头发?"

"因为这样才分得出来呀!"

"为什么要分得出来?""这……"洁舲技穷了,可是,她知道,绝不能在中中面前表现出技穷来,否则他更没完没了。

"因为,如果分不出来,你就和女生一样,要穿裙子,只许玩洋娃娃,不许玩手枪,你要玩洋娃娃吗?"

"不要!"中中非常男儿气概,"我不要玩洋娃娃!我要玩手枪,我长大了要当员警!"

中中最佩服员警,认为那一身制服,佩着枪,简直威武极了。好,问题总算告一段落。他们走到纪念馆前,很多人在那广场上晨跑、做体操和打太极拳。也有些早起的父母带着孩子全家在散步。洁舲在喷水池边的椅子上坐了下来,珊珊亲切地依偎着她。在他们身边,有位年轻的母亲推着婴儿车,车内躺着个胖小子,那母亲正低哼着一支催眠曲:"小宝贝快快睡觉,小鸟儿都已归巢,花园里和牧场上,蜜蜂儿不再吵闹……小宝贝快快睡觉……"

洁舲有些神思恍惚起来。中中跑开了,和几个他同龄的孩子玩了起来。一会儿,珊珊也跑开了,和另一个女孩比赛踢毽子,她踢呀踢的,小辫子在脑后一甩一甩的,裙角在晨风中飞扬。洁舲看着看着,眼底没有了珊珊,没有了中中……

她的思绪飘得好远,飘进了一个迷离而模糊的世界里。那世界中也有男孩,也有女孩,也有催眠曲……只是没有画面,画面是空白的。那世界是无色无光无声的,那世界是带着某种痛楚对她紧紧压迫过来、包围过来的,那世界是个茧,是个挣脱不开的茧,牢牢地拴住了她的灵魂,禁锢了她某种属于"幸福"的意识……她沉在那世界中,不知道时间过去了多久。

然后,她听到珊珊的一声惊呼:"洁舲阿姨,中中掉到水池里去了!"

她惊跳起来,慌忙回头去看,一眼看到中中浑身湿淋淋的,正若无其事地趴在水池的水泥边缘上,双手平举,一脚跷得老高,金鸡独立地站着,像在表演特技似的。她大惊,问:"中中,你在做什么?"

"吹干!"中中简洁地回答,"我在吹风!把衣服吹干!"

他的话才说完,特技表演就失灵了,那水池边缘又滑又高,他的身子一个不平衡,整个人就从上面倒栽葱般摔了下去。洁舲惊叫着扑过去,已来不及了,只听到"咚"的好大一声响,孩子的额头直撞到池边的水泥地上。洁舲慌忙把中中一把抱起来,吓得声音都发抖了:"中中,你怎样了?中中,你怎样了?"

中中一声也不响,八成摔昏了。洁舲手忙脚乱地去检查孩子的头,中中左额上,有个小拳头般大小的肿块,已经隆了起来。洁舲用手揉着那肿块,急得几乎要哭了:"中中!中中!中中!"她呼唤着,脑子里疯狂地转着"脑震荡""脑血管破裂"等名词,"中中,你说话!中中!你怎样?"

"我不哭!"中中终于说话了,眼睛瞪得大大的,"我很勇敢,摔跤也不哭!"

"哦!老天!"洁舲透了口气,一手抓着珊珊,一手拉着中中,她的心脏还在擂鼓般跳动着,她觉得那无色无光无声的世界又在对她紧压过来,"我们快回去,给爸爸检查一下!我们快回去!"

她带着两个孩子,脸色苍白地冲进了新仁大厦,秦非在新仁大厦中占了两个单位,一个单位是诊所,一个单位是住家。洁舲一路紧张地喊了进去:"中中摔伤了!快来,中中摔伤了!"

这一喊,秦非、宝鹃、张嫂,全惊动了。大家拥过来,簇拥着小中中,都挤到诊疗室里去了。

洁舲躲进了自己的卧室,在书桌前软软地坐了下来,她用双手蒙住了脸,扑伏在桌上,一种类似犯罪的情绪把她紧紧地抓住了:你居然摔伤了中中!你居然让那孩子掉进水池,再摔伤了额角!你连两个孩子都照顾不好!你心不在焉,你根本忘记了他们！你在想别的事，想你不该想的事！你疏忽了你的责任！你居然摔伤了中中！你还能做好什么事？你是个废物！

她就这样扑伏着，让内心一连串的自责鞭打着自己。然后，她听到一声房门响，她惊悸地跳起来，回过头去，她看到秦非正关好身后的门，朝她走了过来。他脸上充满了关怀，眼底，没有责难，相反的，却有深挚的体谅。

"我来告诉你，他一点儿事都没有！"秦非说，走到书桌边，停在她面前。他伸出手来，轻轻拭去她颊上的泪痕，他眼底浮上了一层忧愁，"你又被犯罪感抓住了，是不是？"他的声音低沉而深刻，"你又认为自己做错了事，是不是？你又在自责，又在自怨，是不是？仅仅是中中摔了一跤，你就开始给自己判刑！是不是？你又有罪了，是不是？洁舲，洁舲，"他低唤着，"我跟你说过许多次了，你不必对任何事有犯罪感，你如果肯帮我的忙，就是把你自己从那个束缚里解脱出来！你知道，我要你快乐，要你幸福，要你活得无拘无束，你知道，为了这个目标，我们一起打过多少辛苦的仗……"

"我知道！我知道！我知道！"她喃喃地说着。

"但是，你哭了。"他用手指轻触着她湿润的眼角，"为什么呢？"

"因为我抱歉。"

"你不需要抱歉！"

她不语，闭了闭眼睛，眼角又有新的泪痕渗出来，她转开头，手腕放在书桌上，用手支着额，遮住了含泪的眸子。

秦非凝视她，注意到桌上的字了。他伸过手去，把那张字拿起来，念了一遍，又默默地放下了。室内安静了好一阵子，然后，秦非说："你想讨论吗？"

"讨论什么？"她不抬头，低声问。

"生命的意义。"

"好。"她仍然垂着头，"你说！"

"我昨天有事去台大医院，到了小儿科癌症病房。"他沉重地说，"那里面躺着的，都是些孩子，一些生命已经无望的孩子，许多家长陪在里面，整个病房里充斥的是一种绝望的气息，我当时第一个感觉，就是，这世界没有神。如果有神，怎会让这些幼小的生命，饱经折磨、痛苦，再走向死亡。"

她抬起头来了，睁大眼睛看着他。他的神情看来十分疲倦，他额上已有皱纹，实际上，他才四十岁，不该有那些皱纹的。她深思地注视他，觉得自己已从他的眼光中，完全走入了他的境界，她也看到了那间病房，看到了那些被折磨的孩子和父母，看到了那种绝望。

"自从我当医生以来，"秦非继续说，"我经常要面对痛苦和死亡，我也经常思索，生命的意义到底是什么？尤其当我面对那种毫无希望的病患者，或者，面对像王晓民那种植物人的病患者时，我往往觉得自己承受的压力比他们都大。对我来说，这是种……"

"痛苦。"她低低地说。

他住了嘴，凝视她。

"你懂的，是吗？你了解，是吗？"他问。

她点了点头。

"可是,"她说,"每当你治好一个病人的时候,你又充满了希望,你又得到补偿,觉得生命依然有它的意义……活着,就是意义。你会为了这个意义再去努力和奋斗,直到你又碰到一个绝望时……你,就这样矛盾地生活着。秦非,"她叹口气,"当医生,对你也是种负担!"

他看着她。他们对看着。好半晌,他微笑了起来。

"洁舲,"他说,"你知不知道你很聪明?"

"是吗?"她反问,"不太知道,你最好告诉我,我需要直接的鼓励,来治好我那根深蒂固的自卑感和忧郁症。"

"你是太聪明了!"他叹息着说,"岂止聪明,你敏锐、美丽、热情,而女性!"他再叹口气,"洁舲,你该找个男朋友了,该轰轰烈烈地去恋爱。到那时候,你会发现生命的意义,远超过你的想象。我一直等待着,等你真正开始你的人生……"

"我的人生早就开始了。"她打断他。

"还不算。"他说,"当你真正恋爱的时候,当你会为等电话而心跳、等门铃而不安、等见面而狂喜的时候,你就在人生的道路上进了一大步。那时,你或者能了解,你来到这世界上的目的!"

她不语,深思着。

有人敲门,秦非回过头去说:"进来!"

宝鹃推开房门,笑嘻嘻地走了进来。

"中中怎样?还疼吗?"秦非问。"哈!"宝鹃挑着眉毛。

"他说他不知道什么叫痛,现在正满屋子跳,嘴里砰砰砰地放枪,问他干什么,他说他正和一群隐形人打仗呢!他已经打死五个隐形人了!"宝鹃走近洁舲身边,"你瞧,这就是孩子!假如你因为他摔了一跤,你就懊恼的话,你未免太傻了!"

洁舲看看秦非,又看看宝鹃。

"你们两个,对我的了解,好像远超过了我自己对我的了解!"她说。

"本来就是!"宝鹃笑着,"你们在讨论什么?"她看着桌面那张纸,"生命的意义?"

"是的。"秦非说,"你有高见吗?"

宝鹃站在洁舲身后,她用双臂从背后搂住洁舲,让后者的脑袋紧偎在她怀中,她就这样揽着她,亲切、真挚而热情地说:"洁舲,我告诉你生命的意义是什么。生命是因为我们已经来到了这个世界。而这世界上,又有许多爱着我们的人,那些人希望看到我们笑,看到我们快乐。就像我们希望看到珊珊和中中笑一样。所以,我们要活着,为那些爱我们的人活着。洁舲,这是义务,不是权利!"

秦非抬起头来,眼睛发亮地看着宝鹃:"你比我说得透彻多了!"他说,"我从癌症病房说起,绕了半天圈子,还说了个糊里糊涂!"

洁舲抬起头来,眼睛发亮地看着他们两个。

"唉!"她由衷地叹口气,"我真喜欢你们!"

"瞧!"宝鹃说,"我就为你这句话而活!"

洁舲笑了，秦非笑了，宝鹃笑了。就在这一片笑声中，中中胜利地跃进屋里来了："洁舲阿姨！爸爸！妈妈！我把隐形人全打死了，你们看见没有？看见没有？"

　大家笑得更开心了。

第十二章

展牧原和洁舲第一次约会,洁舲就带了个小电灯泡……中中。

那是荷花池见面以后的第二个星期了,事实上,从荷花池分手后的第二天,展牧原就想给洁舲打电话,不过洁舲给那电话号码时,曾经非常犹豫,简直是心不甘、情不愿地说出来的。说完了,又再三叮嘱:"你最好不要打电话给我,我借住在朋友家,他们成天都很忙,早上太早,电话铃会吵他们睡觉,晚上,电话铃会妨碍他们工作……你不要打电话给我,我打给你好了!"

"你会打吗?"他很怀疑。

"唔,"她沉思了一会儿,坦白地说,"不一定!"

"瞧!我就知道你靠不住,还是给我你的电话吧,我发誓,不把号码随便给别人,也不天天打电话来烦你……我想,一个电话号码实在不会让你损失什么的。"好不容易,才把那电话号码弄到手。

可是，展牧原有他自己的矜持，在家中他是个独生儿子，父亲留学瑞士主修经济，母亲是英国文学博士，两个博士，生了他这个小博士。他们展家有个绰号叫"展三博"。朋友们只要提到展家，总是说："展大博是我老友，展中博是我好友，展小博是我小友。"

当然，展大博的名字不叫大博，他姓展，单名一个翔字，展翔在经济部有相当高的地位，是政府礼聘回来的。展翔的妻子名叫齐忆君，齐家也是书香世家，这段婚姻完全是自由恋爱，却合乎了中国"门当户对"的观念。他们认识于欧洲，结婚于美国，然后回台湾做事，展牧原是在台湾出生的。

展翔夫妇都很开明，儿子学什么、爱什么，全不加以过问，更不去影响他。因此，牧原学新闻，展翔夫妇也全力支持，去美国进修，拿了个什么"新闻摄影"的学位回来，才真让父母有些意外。好在，展翔早已深知《生活杂志》上的照片，每张都有"历史价值"，也就随展牧原去自我发展。

等到牧原从"新闻摄影"又转移兴趣到"艺术摄影"上，每天在暗房中工作好几个小时，又背着照相机满山遍野跑，印出来的照片全是花、鸟、虫、鱼。展翔夫妇嘴里不说什么，心里总觉得有点"那个"。好在，牧原还在教书，这只是暑假中的"消遣"而已。

暑假里的消遣，终于消遣出一系列的照片……洁舲。足足有一个星期，展牧原心不在焉，只是对着那一系列的照片发呆。大特写：眼睛、嘴唇、下颔、头部，中景：半身、全身……远景：小桥、荷花、人。包括水中的倒影。牧原把这一系列照片放在自己的工作室中，用夹子夹在室内的绳子上，每天反复看好几遍。然后，每当有电话铃响，他就惊跳起来问："是不是我的电话？是不是女孩子打来的？"

是有很多他的电话，也确实有不少女孩子打来的，只是，都不是洁舲。

展牧原自从念大学起，就很受女生的欢迎，女朋友也交了不少，但，却从没有任何一个让他真正动过心。他认为女孩子都是头脑单纯，性格脆弱，反应迟钝……的一种动物，他对女性"估价不高"。或者，是由于"期许太高"的原因。他母亲总说他是"缘分未到"，每当他对女生评得太苛刻时，齐忆君就会说："总有一天，他要受罪！如果有朝一日，他被某个女孩折腾得失魂落魄，我绝不会认为是意外！我也不会同情他！"

展牧原几乎从没有"主动"追求过女孩子。只是被动地去参加一些舞会啦，陪女孩去看电影啦，在双方家长的安排下吃顿饭啦。自从留学回来，当起"副教授"来，展翔掐指一算，展牧原已经二十八岁了，再由着他东挑西拣，看来婚事会遥遥无期，于是，父母也开始帮他物色了。但，物色来物色去，父母看中意的，儿子依旧不中意。齐忆君烦了，问他："你到底要找个怎样的女孩才满意？"

"我要一个……"展牧原深思着说，"完美吧！"

"什么叫完美？"

"我心目里的完美，"展牧原说，"那并非苛求！我不要天仙美女，只要一个能打动我、吸引我的完美，那'完美'两个字，并不仅仅止于外貌，还要包括风度、仪表、谈吐、学问、深度、反应和智能！"

"A、B、C、D、E、F！"齐忆君说。那是个老笑话，说有个男人找老婆，订下ABCDE五个条件，最后却娶了个五个条件全不合适的人，别人问他何故，他答以：合了F条件！F是Femaie的第一个字母，翻成中文，是"雌性动物"。"我看你一辈子也找不到这个完美！"

"那么，算我倒霉！我是宁缺毋滥。"

展牧原是相当骄傲的。在荷花池畔那次见面，已经让他自己都惊奇了。他，展牧原，曾经跟在一个女孩身后，傻里傻气地乱转，又被修理得七荤八素，要一个电话号码还说了一车子好话……这简直是不可能的事！但是，当照片洗出来，他每日面对那些照片，白帽子、白围巾、白衣裳、白鞋子，一系列白色中，几丝黑发，双眸如点漆，成了仅有的黑！照片拍摄的技术是第一流的！模特儿却远超过了"第一"，她是"可遇而不可求"的！尤其有一张，她半垂着睫毛，半露着黑眸，脸上带着种难以捉摸的哀伤，淡淡的哀伤……那韵味简直令人怦然心动。

他等了一个星期，洁舲从未打电话给他。

他相信，她很可能已经忘记他是谁了，这使他沮丧而不安起来，以她的条件，她实在"有资格"去忘记他的！忽然间，展牧原的骄傲和自信就都瓦解了。

于是，他拨了洁舲家的电话，于是，洁舲也答应出来了，他们约好在一家霜淇淋店门口见面。他开了自己那辆新买不久的跑车，还特地起了个早，把车子洗得雪亮，连座位里都用吸尘器吸过。然后，在约好的一小时前已经到达了现场，坐立不安地等待着，不住地伸长脖子前前后后地找寻他那个"可遇而不可求"的"奇迹"！终于，好不容易，似乎等了一个世纪，那"奇迹"总算出现了，而"奇迹"手中，却牵着个小"意外"！

展牧原从车中钻了出来，望着洁舲。奇怪，她今天没穿白色，却穿了一身黑，黑色长袖衬衫、黑色长裤、黑色平底鞋，没戴帽子，黑发自然飘垂……老天，原来黑色也能如此迷人！在那一系列黑中，她的面额是白里泛着微红的，而她的唇，却像朵含苞的蔷薇。他又想给她拍照了，照相机在车子里，他还没说话，洁舲就微笑着说："中中，叫一声展叔叔！"

哦，她手里还有个小"意外"呢！展牧原有些惊愕地看着中中，那男孩也毫不怯场地回望着他，他忍不住问："他是谁？"

"秦中。"洁舲说，"他是秦非的儿子，你知道秦非吗？"

"不太知道。"

"秦非是某某医院的内科主任，是位名医呢！我现在就住在秦家。这是秦医生的小儿子，中中，你叫他中中就可以了！他很容易和人交朋友的！"

是吗？展牧原有些懊恼，不，是相当懊恼。他注视着洁舲，后者脸上一片坦然。但，他知道，她是有意的！她居然不肯单独赴约,而带上一个小灯泡!这意思就很明白了。人家并不把你的约会看得很重,人家也不想单独赴你的约会,而且,人家还不怎么信任你!

他在懊恼中,迅速地武装了自己。好吧,你既然带了"意外"来,我就照单全收吧!最好的办法,是"漠视"那意外的存在,按计划去展开行动。

"好!"他愉快地笑起来,"我们开车去郊外玩,好不好?听说石门水库可以坐船,要不要去?"

"我想,"说话的是那个"小意外","我们还是先进去吃霜淇淋吧!"

"呃?"牧原呆了呆,看向洁舲。

"好吧!"洁舲同意地说,"我们先吃客霜淇淋!"

进了霜淇淋店,三个人都叫了霜淇淋。"小意外"吃掉了一客香蕉船,又叫了客巧克力圣代,再吃了杯果冻,最后意犹未尽地吃了客鲜草莓蛋糕,只吃鲜草莓,不吃蛋糕,吃了满嘴满手的奶油果酱霜淇淋,洁舲又带他去洗手间洗干净。这一套弄完,足足已过了两小时,洁舲说:"现在去石门水库太晚了,我们换个地方吧!"

"我们可以去看电影!"中中说。

"呃?"展牧原再看向洁舲。

"我没意见,"洁舲微笑着,温柔地注视着展牧原,"就去看电影吧!"

"你想看什么片子?"展牧原问。

"《蝙蝠侠》!"中中飞快地说。

"呃?"展牧原又一次呆住了。

"好吧!"洁舲笑得更温柔了,"就去看《蝙蝠侠》吧!听说娱乐价值很高,刚好去看四点半那场!"

没话说,于是开车到电影街,《蝙蝠侠》!牧原已有二十年没看过儿童片。无奈何,就看《蝙蝠侠》吧!买了三张票,走进电影院,中中一屁股坐下来,坐在洁舲和展牧原的正中间。小身子挺得直直的,正襟危坐,两眼紧张地盯着银幕,看蝙蝠侠大战恶魔党。

展牧原心里转着念头,这样看电影可真乏味!必须在散场后,再谋发展。还没想完,中中说:"展叔叔,我想吃卡里卡里!"

"呃?"他倾过身子去。什么卡里卡里?

"对不起,"洁舲说,打开皮包要掏钱,"你去贩卖部给他买包卡里卡里,那是种小点心!"

"哦!"他慌忙推开洁舲送钱过来的手,"我去买!我去买!"

他们坐在一排的最里面,他站起身来,一路挤出去,一路向人说对不起,总算买了包卡里卡里回来,又一路挤进来,把卡里卡里交给那孩子。中中开始吃他的卡里卡里。展牧原这才知道为什么这玩意儿叫"卡里卡里"了,原来吃起来真的会"卡里卡里"响,响得又清脆又大声。展牧原想隔着椅子和洁舲另订约会,却显然无法说话。好不容易,中中报销了那包卡里卡里,他又开了口:"展叔叔,我想喝瓶养乐多!"

"呃?"这次,展牧原不等洁舲吩咐,就站起来,再一路挤出去,又一路挤回来,给小中中买了养乐多。孩子"咕嘟咕嘟"喝完了那瓶养乐多,他抚着肚子打了个饱嗝。展牧原心想:这下子,你这个磨人的小少爷总算没东西可闹了吧!谁知道,小中中又细声细气地说了句:"展叔叔,我想嘘嘘!"

老天!展牧原快发疯了!本来嘛,这孩子又是霜淇淋,又是圣代,又是养乐多,当然会想上厕所了!洁舲又歉然地转过身子来:"抱歉,他的意思是……"

"我懂我懂!"展牧原慌忙说,牵住小中中的手,带着他再一路挤出去,一路和人说对不起,上完厕所,又一路挤回来,好不容易,总算坐定了,展牧原定睛看着银幕,银幕上刚好映出"剧终"的字样。

电影院大放光明,他们跟着散场的人潮站了起来。洁舲对着他温柔地笑,说:"虽然是孩子片,也拍得挺认真的啊?"

天知道它认真不认真!展牧原想。他一直忙着挤出挤进买东西和人说"对不起",至于银幕上演些什么,他根本没看到几个镜头。随着散场的人潮走出戏院,外面街道上,正是华灯初上、夜幕初张的时刻。他看看表,说:"请你吃晚饭,好吗?"

"我什么都吃不下了!"中中宣布,"我刚刚在霜淇淋店,还吃了两只蚂蚁!"

"什么?"洁舲吃惊地弯下腰去,"你说你还吃了什么东西?"

129

"两只蚂蚁!"中中一本正经地说,"就在香蕉船没有送上来以前,我不是跑到窗子前面去看外边的摩托车吗?那窗台上有两只蚂蚁,我就把它吃掉了!"

"你说真的还是假的?"洁舲有些着急了,"你为什么要吃蚂蚁呢?"

"因为我要尝尝蚂蚁是什么味道呀!"中中居然振振有词,"那两只蚂蚁颜色不一样,一只是黄蚂蚁,一只是黑蚂蚁,黄蚂蚁的味道是酸酸的,黑蚂蚁的味道是辣辣的,都不太好吃!"

"噢!"洁舲紧张地盯着他,"你除了吃蚂蚁之外,还吃了什么东西没有?""有啊!"中中说。

"啊?还有呀!"洁舲更担心了,"是什么呢?"

"那窗台上种了一排小洋葱,我咬了几口。"

"小洋葱?"洁舲愣着,忽然想起来了,"那是人家种的郁金香花球啊!老天!你真的吃啦?还是骗我呀!"

"真的吃了!"中中揉着肚子。

"肚疼吗?"洁舲关心备至。

"不疼。"孩子摇着头,"只是有点怪怪的!"

洁舲抬起身子,歉然地去看展牧原。展牧原一语不发,就往停车场走,进了车子,展牧原才说了句:"你不介意让我知道你的地址吧?"

"忠孝东路,新仁大厦。"洁舲说了,紧搂着中中,"拜托你快一点,我要把他送回去,给他爸爸检查一下,别中毒才好!"

"放心。"展牧原说,"他只是吃得太多了!"本来嘛,香蕉船、巧克力圣代、果冻、草莓蛋糕、卡里卡里、养乐多,外加黑蚂蚁、黄蚂蚁各一只,和几个郁金香花球!他的肚子如果不"怪怪的",才真是"怪怪的"呢!

车子开到忠孝东路新仁大厦门口,展牧原问:"你住几楼?"

"六楼。"

洁羚下了车,展牧原伸出手去,跟她握了握手,好不容易,总算有机会握握她的手了。在握手的同时,他把一张在电影院洗手间中写下的小条子(他已预知今天的约会不会精彩了)乘机塞进了她的手里。然后,他挥手说了声再见,就开着车子走了。

洁羚在晚上,回到自己的卧室中以后,她才打开那张纸条,看到上面潦草地写着:"如果中中不是那么精彩,展牧原应该也有些可爱!如果中中不是那么出风头,展牧原也不至于像个大笨牛!如果中中不是抢走了男主角,展牧原说不定也能把角色演好!如今……一切光芒属于中中,展牧原心里有点儿想不通!这游戏实在不怎么有趣,不知道明晚能否重新聚一聚?注:如果明晚小中中又要加入,我还是乖乖地认输……小生怕怕!"

洁羚看着纸条,念了一遍,再念一遍。念了一遍,再念一遍。她忍不住笑了起来。想起展牧原在电影院中挤出挤入,走马灯般转个不停,她就更加忍不住要笑。笑完了,她再读那纸条。老天!那展牧原确实有他动人之处!

于是，她找出展牧原的名片，主动拨了个电话给展牧原，接电话的是展牧原本人。

"我是洁舲，"她微笑着说，声音温柔而悦耳，"你明晚的计划是什么呢？""啊，洁舲！"一听到她的声音，展牧原又兴奋又意外。兴奋意外之余，又担起心来。

"明晚有小中中吗？"他问。

"不，当然没有。"她笑了。

"小中中还有弟弟妹妹吗？"展牧原再问。

"有个小姐姐。"

"呃！"

洁舲笑得弯了腰。

"放心！"她说，"我不带附件！"

他深吸了口气。

"那么，明晚六时半我来接你去吃晚饭，吃完饭，我们去夜总会跳舞……"

她有些犹豫。

"怎样？"他问。

"我不太会跳舞。"她说。

"我也不太会跳，这有关系吗？"

"我想……"她笑着，"没什么关系！"

"我想也没什么关系！"他也笑着说。

"那么，明晚见！"她要挂电话。

"等一等！"他急急地说。

"还有事吗？"

"是的。"展牧原沉吟了一下,"那位小中中还好吧?在吃了黑蚂蚁黄蚂蚁以后?"

"是。"她笑得更开心了,"他妈妈给他吃了几片消化药,现在正学蝙蝠侠大战恶魔党呢!"

"请你帮我转告他一句话好吗?"

"好呀!"

"他有一位好可爱好可爱的洁舲阿姨!"说完,他立刻挂了线。

她握着听筒,笑容在唇边绽放着。好半天,她才把听筒慢慢地挂上。

第十三章

展牧原和洁舲开始了一连串的约会。

这事在展家引起了相当大的注意,齐忆君对这位"洁舲"关心极了。最主要的,这是齐忆君第一次发现儿子如此认真,如此投入,又如此紧张。每次约会前,他居然会刮胡子、洗头、洗澡、换衣服先忙上半小时,这真是破天荒的。看样子,终于有个女孩,让展家这位"骄傲"陷进去了,而且,还陷得相当深呢!

展翔夫妇都很想见见这位"洁舲",可是,展牧原就从没有把她带回家过。每当齐忆君追问不休时,展牧原总是不耐烦地笑笑说:"还早!妈,还早!等我把她带回家的时候,就表示我跟她已经达到某一种程度,现在,我们只是约会,还没有达到你们期望的那个地步!"

"你拖拖拉拉地要闹多久呀?"齐忆君叫着说。她虽没见过洁舲本人,却早见过她那些大特写、小特写,中景、远景,眉、眼、唇……各种照片，又从儿子嘴中，知道她刚刚暑假才毕业于T大中文系。种种情况看来，儿子如果还要挑三拣四，实在就太"狂"了一点。机会错过，再要找这样一个女孩可不容易。"你们现在年轻人，不是都速战速决的吗？你怎么行动这样慢？"

"妈！"这次，展牧原正对着母亲，脸色凝重地开了口。

"如果洁舲是那种肯和别人速战速决的女孩子，以她的条件，读到了大学毕业，你认为还轮得到我来追她吗？她大概早就被别人追走了。"

齐忆君呆了。原来如此，她可没料到，她那条件卓越的儿子，会在"备取"的名单里。她对那位"洁舲"，就更加刮目相看了。

事实上，展牧原和洁舲的约会，进展得比齐忆君预料的还要缓慢。展牧原在母亲面前要面子，不肯把自己的"失败"说出来。洁舲的保守和矜持，是展牧原从没见过的。大约学"中国文学"的女孩子都有些"死脑筋"。展牧原弄不清楚，反正，并不是他不想"进一步"，而是洁舲把自己保护得那么周密，除了跳舞时可以挽挽她的腰之外，平常碰碰她的手，她都会缩之不迭。他们在一起，时间总是过得飞快，她和他谈文学、谈典故、谈诗、谈画，也谈摄影、艺术，进而谈社会、历史、人生、宗教……几乎无所不谈。他越来越折服在她那深广的知识领域里，也越来越迷惑在她那深刻的人生体验里。哦！老天！他真想"速战速决"，想疯了，从没有这样渴望过和一个女孩见面，从没有把自己一生的计划都移向一个"约会"上。但是,但是,但是……洁舲就是洁舲。一条洁白的小船,缓缓地航行,缓缓地漂荡,诗意的,文学的。

不容任何狂暴的态度来划动,她有她那自我的航行方法,他拿她竟然无可奈何!

这晚,他把她带到了碧潭。

月色很好,水面上反映着星光、月光,远山远树,都在有无中。这些年来,碧潭因为水位降低,游人已经减少了很多,所以,周遭是非常安静的。他们租了一条大船,由船夫在船尾划着,船上有篷,有桌子、椅子,他们还叫了一壶好茶。

有星、有月、有茶。有山、有树、有船。而潭中,山月两模糊,四周,有萤火在轻窜。空气中,酝酿着某种浪漫的气息,连夜风吹在身上,都有诗意。这种气氛,显然感动了洁舲,她坐在他身边,神往地看着潭边的岩石,两岸的风景,天上星辰,水中的倒影。她叹了口气,低低地说了一句:"天堂!"

"什么?"他没听清楚,悄悄伸过手去,握住她的手,她悸动了一下,缩回去,他固执地握紧了她,于是,她放弃了,一任他握着她。他说:"洁舲,你什么都好,就是太放不开了。"

她回眸深深地看了他一眼,她眼中有些迷惑,有些哀愁。像他第一次在花池畔捕捉到的神韵。不知怎的,这神韵在他心脏上猛撞了一下,使他恨不得对她那嘴角吻下去。但他不敢鲁莽,不敢轻举妄动,因为她是洁舲。

"唉!"他深深叹了口气。

"怎么了?"她问。

"或者,我该欣赏你的放不开,"他说,"因为,你大概也没有对别人放开过!"

她吃了一惊似的,迅速地把手从他掌心中抽出来了。她站起身来,在摇晃的船中走到船头去,用手扶着船篷,她背对着他,呆呆地注视着辽阔的前方。

他懊恼透了!又说错话!干吗去提醒她啊!好不容易才捉住了她的手,又给她逃开了。可是,这是二十世纪呢!他怎么去认识了一个十八……算了,十八世纪已经够开放了,她根本是个十六世纪的女孩!还活在"男女授受不亲"的时代里。他真不知道该"欣赏"她这一点,还是"恨"她这一点。

他站起身来,也跟了过去。

不敢再碰她了,扶着另一边的船篷,他们并肩站着,并肩望着船的前方。四周很静,只有潺潺的水声,和那船夫的橹声。远方,有只不知名的鸟儿,在低低地啁啾着。

"暑假已经过去了。"她终于开了口,声音很平淡,"我的假期也过去了,你的假期也过去了。"

"我是快开学了。"他困惑地说,"不过,我每周只有三天课,剩余的时间还是很多的。至于你,不是已经毕业了吗?"

"是啊!所以,应该去找一个工作。"她说,眼光始终看着前方,"我本来想去秦非的医院当护士,但是,护士必须是学护专的,而且,秦非也不赞成。当初我考中文系,是因为我发狂般地爱上了文学,现在,毕业了,突然发现学文学真没用,除了装了满脑袋瓜文字以外,居然没有一技之长。"她顿了顿,忽然问,"我有没有告诉过你,我一直好想去写作。"

"不。"他说,盯着她,"你从没告诉过我。"

她回头注视他,两人的目光又遇在一块儿了。

"我好想写作,"她认真地说,眼睛里闪耀着光彩,非常动人的光彩,"我每次看到一本好书,我就羡慕得发狂,恨不得那就是我写出来的。有的时候,我做梦都梦到在写作,我真想写作。"

"那么,什么工作都别找,去写作!"他有力地说,"如果你这么爱写作,你就去写作!"

"你和秦非说的话一样。"她沉吟着,"所以秦非和宝鹃就不肯给我找工作!他们坚持我是写作的材料,我自己却非常怀疑……所以,最近我也心乱得很,以前,只想专心把书念好,书念完了,反而有不知何去何从的感觉。"她侧着头想了想,忽然轻叹了一声:"唉!"

"你父母呢?"他忍不住追问,"你父母的看法怎样?他们的意见如何?"

"我父母?"她怔住了,又掉头去看水,接着,就抬头去看天空,"我父母对我的事没有意见。"

"我能不能坦白问一句?"展牧原开口说。

"你不能。"她飞快地回答。

他怔住了,呆了足足十秒钟。

"该死!"他拍了拍自己的脑袋,"我又忘了你有说不能两个字的习惯！好吧！我不能问。我就不问。我只告诉你一句话，如果你有经济上的困难……"

"不不。"她急急地说，"那一直不是困难，他们不允许我有这种困难。"

"他们？"他听不懂。

"他们。"她温柔地重复。

他凝视她，微蹙着眉，凝视了好久好久。

"你知道吗？洁舲。"他说，"很多时候，我觉得，你像一个谜。"

"谜？"她笑了，回忆着，"很好的一个字，是不是？我记得，我们第一次见面，在植物园，你就说了这个字。第二天早上，我还特地写了张字，我写：任何不可解的事，都是一个谜。未来也是一个谜。人就为这个谜而活着。"

他盯着她。

"你这样写的吗？"

"是的。"

"那么，"他双目炯炯，"你已经帮我写下我的命运了？在相遇的第二天早上？"

"什么意思？"她惊愕地看他。

"你是个谜。"他一个字一个字地说，"而我就为这个谜而活着。"

她惊跳。转开头去，她看水，看天，看两岸，就是不肯再看他。

"我们上岸去好吗？"她无力地问。

"好，可以。"他说，挥手叫船夫靠岸。

船靠了岸，他付了船钱。他们沿着台阶，走上堤防。然后，他握着她的手腕，把她带上了桥，走过桥，对岸有小径浓荫，直通密林深处。她有些退缩，喃喃地说："我们能不能回去了？"

"不能。"他说。

"哦？"

"并不是只有你可以说不能。"他忽然执拗起来了，他胸中有股强烈的热情，像一张鼓满了风的帆，已经把他整个都涨满了。他觉得，这些日子来，蠢动在他血管中的那份激情，正不受控制地，要从他浑身每个毛孔中往外迸泻。他一直握着她的手腕，半强迫地，半用力地，把她带到一棵大树之下，远处有盏路灯。这条路通往一个名叫"情人谷"的山坳。这树下并不黑暗，路灯的光辉投在她面颊上，她看起来有些苍白，有些紧张，有些柔弱，又有些无奈。这好多个"有些"，合起来竟是种让人难以抗拒的力量，写下来不会有人相信，这些"有些"，是那么美丽，又那么楚楚动人！

"听着！"他说，眼光一眨也不眨地盯着她的眼睛，他不准备放过她了，他决心把心里的话，一股脑地倾倒出来，"我告诉你，洁。从小，我是骄傲的，我是自负的，我是不看别人脸色，也不低声下气的。我不迁就任何人，也不向任何人低头！说我狂也可以，说我傲也可以，说我目空一切也可以！这就是我！因此，我没有主动追求过女孩子，更遑论谈恋爱！也因此，我没有经验，没有技巧，也没有任何恋爱史！在我念大一的时候，我曾经和一个女孩接吻，只是为了了解什么叫接吻！结果，那女孩以丰富的经验来教了我。这就是我和女性唯一的接触！这些年来，我念书，我教书，我摄影……我身边始终环绕着女孩，从同学、同事到学生。可是，我始终没有为任何人动过心，我已经认为我属于中性，不可救药了！我以为我这个人根本没有热情了！可是，我遇到了你！什么骄傲、自负、自信、狂放、目空一切……都滚他的蛋！我完了！这是我生平的第一次，也是绝对的最后一次，我完了！所以，听着，"他的嗓音低哑，面孔涨红了，眼睛灼灼然地燃烧着，"不要再逃开我，不要像一条滑溜的鱼，更不要像防小偷似的防我！我不是坏人，我不是游戏，我掉下去了！你懂了吗？懂了吗？"

她睁大了眼睛，呼吸急促，面容感动，眼里，竟闪着两点晶莹的泪光，她拼命吸气，微张着嘴，似乎想说什么，想解释什么，却什么都说不出来。他看着她眼底的泪光，看着她唇边的颤动……他什么思想都没有了，俯下头去，他把嘴唇热烈地盖在她的唇上。

深夜，洁舲才回家。

她没有让展牧原送她上楼，自己上了电梯，看看手表，快一点钟了。秦非全家一定都睡了，她从皮包中拿出钥匙，悄悄地打开门，再悄悄地关好门。然后，她轻手轻脚地往自己卧室中走去。

她经过了秦非的书房，发现里面还亮着灯光，房门开着。她看进去，秦非正一个人坐在一张大大的转椅中，在抽着烟，一缕烟雾，袅袅然地在室内缭绕着。

她走到书房门口，站住了。秦非没有回头，喷了一口浓浓的烟雾，他说："进来，把房门关上，我正在等你！"

她顺从地走进去，关上了房门，她一直走到秦非的面前。

秦非抬眼看她，眼神中带着深切的研判。她不说话，就静静地站着，让他看。如同一个小孩等着医生来诊察病情似的。

她手中的皮包，已经顺手抛在沙发上了。她就这样垂着双手站着，和他静静地相对注视，他手中的烟，空自燃烧着，直到差一点儿烧到了他的手指，他才惊觉地熄灭了烟蒂。

"坐下！"他命令似的说。

她坐下了，坐在他脚前，坐在地毯上面。她双膝并拢，胳膊肘放在膝上，双手托着下巴，依旧静静地看着他。他眼光深邃，面容肃穆。

他们又对看了好一会儿。

然后，他开口："你快乐吗，洁舲？"

她点点头，用舌尖舔了舔干燥的嘴唇。

"快乐，"他深刻地说，"但是害怕。"

她再点头，连续地点着头。

他怜惜地伸出手来，抚摸着她的头发，这些头发，曾一度被烧得乱七八糟，也曾一度被剪成小平头，这些头发的底下，还掩藏着伤疤，烧伤的及打伤的。这些头发如今长得漆黑浓密，长垂腰际，谁能料到它当初曾遭噩运？他抚摸着它，手指碰到了她后颈上，藏在衣领中的伤疤，她本能地战栗了一下。

"听我说，洁舲。"他压低了声音，真切地、诚恳地、清晰地叮咛，"你姓何，名洁舲，对不对？"

她继续看他，眼中闪着无助和疑问。

"展牧原，展翔的儿子。"他再说，"他们展家是世家，牧原是独生子。这孩子非常优秀，你如果失去了他，你可能一生碰不到更好的男孩子。听我说，洁舲，你千万不要失去他。"

她哀求似的看着他，仍然没有开口。

"所以，记住了！人生没有事事坦白这回事，你不需要对你的过去负责，更不需要对那个在十二年前已经注销了的女孩负责！你懂吗？我早说过，你有权利活得幸福，你有权利追求幸福。如今，幸福终于来临了，就在你的眼前、你的手边，你只要一伸手，就可以把它牢牢地抓住。所以，去抓牢它！不要松手，否则，你就辜负了我们这十二年来，在你身上投注的心血，寄予的希望！洁舲，你懂了吗？"

她含泪点头。

"再有，"他微微战栗了一下，"不要去和人性打赌！你会输！"

他握住了她的手腕，用力把她的手从脸上拉开。

"看着我！"

她被动地看着他，眼光中流露着凄苦和恐惧。

"不会有事的，我跟你保证。"他深吸了口气，又重重地吐出来。好像有什么沉重的东西紧压在他心头似的，"只要你永远不说出来！永远不说！永远！洁舲，这不是欺骗。展牧原爱上的是何洁舲,他从没有认识过豌豆花,对不对?"

听到"豌豆花"三个字,洁舲浑身立即通过一阵不能遏制的寒战。这寒战传到了秦非手上,他也不自禁地跟着战栗了。

"所以,洁舲,"秦非一字一字地说,"不要冒险,不要去考验他!"

洁舲一下子把头扑伏在自己膝上,她双手紧握着拳,面颊深埋在膝间,她的声音痛楚地进了出来:"我最好的办法,是跟他分手!"

"胡说!"秦非生气了,恼怒了,"你为什么要跟他分手?除非你对他毫不动心!你动心吗?"他有力地问,"回答我!你动心吗?"

她猝然抬起头来,眼中充满了悲愤和苦恼。

"你什么都了解,你什么都知道!"她终于低喊起来,"你了解我比我自己了解得还清楚,何洁舲这个人物根本是你一手创造的!你何必问我?何必问我?何必苦苦追问我?"

他从椅子里猛地站起身来,走到窗边去,从口袋里掏出香烟和打火机,他再点燃了一支烟,就站在那窗口喷着烟雾,默然不语。

洁舲静了静,把头颓然地靠在他坐过的椅子上,那椅垫上还留着他的体温,她的手平放在椅垫上面。半响,她从地毯上站了起来,她轻轻地走过去,走到他的身边,烟雾浓浓地笼罩过来,把她罩进了烟雾里。

"对不起。"她轻声低语,"我不是存心要吼叫的,我只是……只是很乱。我矛盾,我害怕,我自卑……你明白的,是不是?是不是?"

他回过头,眼光和她的交会了。

"我明白。"他真挚地说,"所以,我也害怕!"

"你怕什么?"

"怕你的善良,怕你的坦白,怕你的自卑,怕你……放弃你新的人生。"

"新的人生?"

"是的,恋爱和婚姻是另一段新的人生,你应该享受的!你很幸运,才会认识一个好男孩……"

"看样子,"她凄苦地微笑了一下,"你们对于收留我,已经厌倦了,你急于想把我嫁出去!你……"

"洁舲!"他喊了一声。

她住了口,惊觉地看他。然后,她用双手紧紧地握住了他的手,像基督徒抓住基督的手一样。她苦恼地、昏乱地说:"我怕穿帮!我真的怕!请你帮助我!请你!"

"洁舲,洁舲。"他安慰地、温柔地低唤着,"信任我!我们曾经一起渡过难关,这次,也会渡过的。只要你不说,只要你不说!"

"可是……可是……"

"我们可以把故事说得很圆,你肩上的伤疤,是小时候玩爆竹烧到的,其他的伤痕,大部分都已看不出来了。至于……那回事,相信只要你不说,就不会穿帮。现在的知识,大家都知道摔跤运动都会造成……"

"你说过，我们不欺骗！"她更紧地握住他，"我不能。我……不能。不能这样对待展牧原，这样……太不公平，太不公平！"

"人生本来就不公平！对你来说更不公平！"他有些激烈。

"真相对展牧原就公平了吗？你以为呢？洁舲，你用用脑筋吧！他怎样看好？一条洁白的小船？"

"哦！老天！"她喊。

"你没有对不起他！"他更激动了，"你是完整的、簇新的，你是何洁舲，你没有对不起他！"

"不，不，不！"她喊着，反身往屋外奔去，"我不能！秦非。我宁可和他断绝来往，我不能欺骗！我以为我可以摆脱过去！现在，我知道了，我不能！我不能！我永远不能！"

她哭着跑走了。

秦非怔怔地站在那儿，怔怔地，站了好久好久。

第十四章

宝鹃在天还没亮前,就走进了洁舲的卧室。

洁舲还没起床,听到门响,她翻身朝门口看,宝鹃穿着件淡紫色的睡袍,在晨光熹微中走向她。她往里面挪了挪身子,宝鹃就在她空出的位置上躺下了。她们挤在一张床上,像许多年前,她每次从噩梦中惊醒,宝鹃都会这样挤到她床上来,一语不发地用双手搂住她,直到她重新入睡。那时,她总是习惯性地称宝鹃为"宝鹃姐",称秦非为"秦医生",直到他们双双抗议,认为这样太公式化了,太生疏了,太客套了,太不像"一家人"了。

"美国人的许多习惯我都不喜欢,但彼此称呼名字实在是干净利落!"秦非说,"洁舲,改一改吧!别让我永远把你当病人看待。"

"那么,我叫你秦大哥!"

"哎哟!"宝鹃叫,"你还是何小妹呢!省了吧!洁舲,人取名字,就是为了被别人称呼的!否则,大家都可以没有名字,只称地位、职业、学位或小姐先生就好了。你为什么要取名叫洁舲,因为你是我们的洁舲。而我们呢,是秦非和宝鹃。"

她用了很久的时间,才把称谓改过来。至今,她偶尔还是会喊一声"秦医生"或"宝鹃姐",那必定是在某种特殊情况下,好比她感冒了,秦非为她开药或宝鹃为她打针的时候。

现在,宝鹃又挤在她的床上了。用一只手支着头,宝鹃在晨曦中打量她,用另一只手拨开她面颊上的头发。

"嗯。"宝鹃哼着,"眼皮肿肿的,看样子你一夜没有睡。"

洁舲无奈地闪出一个微笑,很快地,那笑容就"闪"掉了。

"洁舲,"宝鹃正色说,"秦非把昨晚你们的谈话都告诉我了。我想,我们还需要女人对女人来谈谈你的问题。"她开门见山,就进入了主题,"你愿意谈吗?"

她点点头。

"我想问一个最主要的问题。"宝鹃坦率地注视着她,"你有没有爱上展牧原?"

洁舲垂下了睫毛,半晌,她的睫毛扬了起来,眼珠乌黑,眼神真挚。

"我想,我很被他吸引,他有许多缺点,有些狂,有些傲,有些自负……可是,他居然有这些狂傲和自负的条件,他懂得很多东西。他对文学了解不多,却能很快地进入状态,对不了解的事,从不充内行……他最可爱的一点,是在诚恳与忠厚之余,还能兼具幽默感。"

"够了,"宝鹃微笑起来,"而你,准备放弃他了?"

"其实,"洁舲沉思地说,"我们并没有进展到讨论婚嫁的地步,总共,只是这个夏天的事情。他也没有向我求婚,我想,我们实在不必急急地来讨论这个问题。说不定他手里握着一大把女孩子,等着他慢慢挑呢?"

"他是吗?"宝鹃追问。

"是什么?"洁舲不解地说。

"手里有一大把女孩子吗?"

她的睫毛又垂下去了,手指拨弄着枕头角上的荷叶边。她的面色凝重,眉峰深锁,牙齿轻轻地咬住了嘴唇。

"好!"宝鹃坐起身子来,双手抱着膝,很快地说,"我们现在姑且把展牧原抛开,只谈你。洁舲,你已经二十四岁了,你长得很美,追你的人,从你念高中起就在排队,秦非医院里那位实习医生小钟,到现在还在做他的春秋大梦。这些年来,你把所有的追求者都摒诸门外,我和秦非从没表示过意见。因为,说真的,那些追求者你看不上,我们也还看不上呢……"

"我不是看不上……"她轻声嗫嚅着。

"我懂。"宝鹃打断了她,"你的自卑感在作祟!你总觉得你没有资格谈恋爱,没资格耽误人家好男孩!所以,你就在感情没发展前把别人的路堵死,让人家死了这条心!你有自卑感,是我和秦非的失败,我们居然治不好你!再就是那位心理重建的李子风!当什么心理科医生?干脆改名叫李自疯算了，也给你治疗了七八年，还宣布你完全好了，我看你……"

"宝鹃！"洁舲忍不住打断了她，"我最怕你！"

"因为我总是一针见血，实话实说？"宝鹃锐利地盯住她。"好，你自卑。那么，你干吗招惹展牧原？"

洁舲吓了一跳。

"我没有招惹展牧原！"

"你没招惹他，怎么和他一再约会？怎么不在一开始就把人家的路堵死？怎么不让他早点儿死心……"

"这……"洁舲嗫嚅着。是啊！宝鹃言之有理。怎么开始的呢！是了，都是小中中哪！什么黑蚂蚁、黄蚂蚁、养乐多、卡里卡里，还外带要嘘嘘！就是小中中促使他写了那首打油诗，也就是那首打油诗让她心有不忍！是小中中在暗中帮了他的忙！现在，宝鹃反而把罪名扣到她头上来了！她急急地按住宝鹃，说："这有原因的！都是小中中闯的祸！"

"你说什么？小中中？"宝鹃伸手到她额上去试热度了。

"你有没有发烧？"

"你听我说！"洁舲把宝鹃的手压下去。她开始说那第一次的约会，说小中中如何吃霜淇淋，又吃圣代，又要看电影，如何一再表演，如何宣布吃了蚂蚁和小洋葱，如何草草结束了那约会，如何收到展牧原的小纸条……说完，怕宝鹃不相信，她跳下床，去书桌抽屉里，翻出了那张纸条，递给宝鹃看。宝鹃在听的时候，就已经睁大眼睛，一直想笑，等到看完纸条，她跳下床，捧着肚子，就笑弯了腰。

"哎哟!不是盖的呢!"她边笑边说。

"你瞧!"洁舲说,"都是中中闯的祸吧!"

"你算了吧!"宝鹃笑完了,把纸条扔在洁舲身上说,"人家写得出这张纸条,你就动了心!反正,你凡心已动!如果没动心,你照样可以不理他!别把责任推在小中身上。如果中中真该负责,你和展牧原就只能算是缘分了!怎么那天中中就如此精彩呢?你又怎么会带中中而不带珊珊呢?说来说去,你难逃责任!你最好扪心自问一下,不要自欺欺人!再说,如果没有展牧原,你生命里就不会再有别人了吗?你真预备抱独身主义,当作家,在我家里住一辈子?当然,你知道我不是要赶你走,如果我今天要赶你,当初就不会大费周章地留你了!我只是要你把眼睛睁大,看清楚自己,也看清楚别人!你并不是罪人,你更不是坏人,你有资格恋爱结婚生儿育女……当一个正常的、快乐的女人。"

"但是……"洁舲咬咬牙,"我不能欺骗他!"

"你能的!"宝鹃轻声而清晰地说,"我们每个人都撒过谎,欺骗有善意和恶意两种,善意的欺骗只有好、没有坏!我在医院里,每天要撒多少谎,你知道吗?明明病人已患了绝症,我会说:没有关系,医生说很快就会好了!何必让他知道了伤心呢?人生,就是这样的!"

"如果……"洁舲睁大眼睛说,"我把真相告诉他,你认为他的反应会怎样?"

宝鹃紧闭着嘴,侧着头,严肃地沉思了好一会儿。然后抬头定睛看着洁舲,眼里没笑意,没有温暖,她冷静而诚恳地说:"我不敢说他的反应会怎样,我只知道,人性都很脆弱、很自私。我和秦非,已经治疗了你这么多年,爱护了你这么多年,我真不愿意别人再来伤害你!"

洁舲的脸发白了。

"当他觉得被伤害的时候,就是他在伤害你。"宝鹃透彻地说,"我们这样分析吧,如果他知道了真相,反应有两种,一种是他能接受和谅解;一种是他不能接受和谅解。后者必然造成伤害和屈辱,然后你们会分手。前者的可能性也很大,因为他很善良。但,也因为他善良,你的故事,对他是闻所未闻,甚至无法想象的。所以,他会受到打击。当他受打击的时候,洁舲,你能无动于衷吗?你不会也跟着受打击吗?然后,你辛苦建立的自尊会——瓦解,伤痛也随之而来,在这种情绪下,你们还会幸福吗?"

洁舲怔着。

"当然,"宝鹃继续说,"我们只是分析给你听,这是件太严重的事,说与不说,决定权仍然在你手里。我劝你……"她顿了顿,"还是不要太冒险的好!"

"必输之赌。"洁舲喃喃地说。

"不一定,只是输面大。"宝鹃凝视着她,"输掉一段爱情,事情还小;输掉你的自尊和自信,事情就大了。如果你一定要告诉他,让我们来说……"

"不!"她打断了宝鹃,脸色坚决而苍白,"这是我的事,是吗?是我必须自己面对的事!"

"是。"

"人性真的那么脆弱吗？"她低语，"可是，我在最悲惨的时候，遇到了你们，是不是？我看到过人性在你们头顶上发光。而你们却叫我不要相信人性。""不要把我们神化。"宝鹃认真地说，"我们只是帮助你、爱护你，我们并不需要娶你！"

洁舲迅速地背转身子去，避免让宝鹃看到冲进她眼中的泪水。宝鹃走过来，拥住了她，声音变得温柔而亲切了，她叹息着说："我说得很残忍，但是很真实。洁舲，说真的，我和秦非这种人，在这世界上也快要绝迹了。即使我们头顶上真的发光，你也不要相信，别人头顶上也会发光。我们不是悲观，是累积下来的经验，在医院里，我们看得太多太多了！尤其……"她停了下来，第一次欲言又止。

"尤其什么？"洁舲追问。

"那个展牧原！"宝鹃仍然坦白地说了出来，"我虽然只见了他几次，已经对他印象深刻。他几乎是……完美的！所有完美的人！都受不了不完美。正像所有聪明的人，都受不了蠢材一样！那个展牧原……"她再深吸了口气，重重地说，"实在是完美无缺的！"

宝鹃放开洁舲，走出了房间。

洁舲软软地、浑身无力地在床上坐了下来，用双手紧紧地蒙住了自己的脸庞。这天晚上，展牧原和洁舲在一家名叫"梦园"的咖啡厅中见面了。"梦园"就在忠孝东路，和洁舲的住处只有几步路之遥，是他们经常约会见面的地方。"梦园"并不仅仅卖咖啡，它也是家小型西餐厅。装潢得非常雅致，墙上是本色的红砖，屋顶是大块的原木，桌子是荷兰木桌，上面放着盏"油灯"，一切都带着种原始的欧洲风味。洁舲一直很喜欢这家餐厅的气氛，尤其它很正派，光线柔和而不阴暗，又小巧玲珑，颇有"家庭"感。

他们坐定了，叫了咖啡。展牧原心中还充满了兴奋，他看着洁舲，怎么看怎么顺眼。洁舲今晚看来特别出色，她淡扫蛾眉，轻点朱唇。穿了件白衬衫，白长裤，白西装外套！又是一系列的白！白得那么亮丽，那么纯洁，那么高贵！

展牧原又一次发现，白色并不是人人"配"得上的。它太"洁净"了，只有更"洁净"的人，才能配上它。而洁舲，多好的名字！人如其名，名如其人。洁舲，一条洁白的小船。

洁舲坐在那儿，轻轻地转动着手里的咖啡杯，她很静，太安静了，很久都没说话。只有展牧原，一直在说着他对未来的计划，授课的问题，摄影的问题，家庭的问题……提到家庭，他忽然想了起来："明天去我家好吗？我爸和我妈已经想见你都想得快发疯了！他们说，能把他们的儿子弄得神魂颠倒的女孩一定不平凡，我告诉他们说，不能用'不平凡'三个字来形容你，那实在是贬低了你！你岂止不平凡，你根本就是个奇迹！我有没有告诉过你？我第一次见你，就认为你是个奇迹，不只奇迹，还有惊喜，而且……"他笑吟吟地看着她，"你还是本唐诗呢！说起唐诗，"他又滔滔不绝地计划起来，"我想给你拍很多照片，各种各样的，每一张照片都配一首唐诗，然后出一本摄影专辑。好不好？明天就开始，有的用黑白，有的用彩色，有的在室内打光拍，有的去风景优美的地方拍，例如柳树下、小河边、海滩上……对了，拍一张你划船的，一条白色的小船，你穿着白衣服，打着一把白色的小洋伞，怀里抱一束白色的小花。题目就叫洁舲。如何？"他忽然住了口，仔细地盯着她，发现有点不对劲了，"你怎么不说话？你有心事吗？你在想什么？"

她慢慢地停止转咖啡杯，她的睫毛下垂了几秒钟，再抬起来，她的眼光定定地停在他脸上。然后，她费力地咽了一下口水，终于清楚地吐出一句话来："牧原，今晚是我最后一次见你！"

他在椅子上跳了跳，不信任地看她。

"你说什么？"他问，眼睛睁得好大好大，嘴微张着，看来有点傻气，傻得那么天真、那么率直。他连掩藏自己的感情都还不会。

"我说……"洁舲用力吸气，瞪着牧原。要"打击"这样一个人实在是"残忍"的，但她却不能不残忍，"我要和你分手了，以后，我们再也不见面了！"

"你在……开玩笑？"

"不！不！"她拼命摇头，"我是认真的，非常非常认真的。"

她强调着"非常"两个字。"我们不能再见面了。今晚，是我们最后一次见面。"

他的嘴唇失去了颜色，面孔发白了。

"我做错了什么？"他低问，"不该吻你吗？不该拥抱你吗？我冒犯了你吗？你是神圣而不可侵犯的吗……"

"不不！别生气。牧原……"

"我不生气。"他压抑着自己,"我只是不接受!为什么今晚是最后一次见面?"

"因为……"她低下头去,用双手紧捧着咖啡杯。时序才刚入秋季,她已经觉得发冷了,她让那热咖啡温着自己冰冷的手,"因为……我的未婚夫明天要从美国回来了!我们的游戏应该结束了!"

"什么?"他大大一震,手边的杯子震得碰到了底下的碟子,发出"叮当"的响声,"你说什么?未……婚……夫?"他一个字一个字地问。

"是的,未婚夫!"她咬牙说,不去看他,只是看着手中的杯子,"你常说我是一个谜,因为我从没有跟你谈过我自己。你总不会认为我活到这么大,会没有男朋友吧?我的未婚夫是去美国修硕士学位的,他学工,本来要修完博士才回来,但是,他……他……"她舌头打着结,这"故事"在肚子里早就复习过二十遍,说得仍然语无伦次,"反正,他明天就回来了。我们订婚两年多了,我实在不能欺骗他……也……不该欺骗你!"

他一句话也不说,死死地看着她,重重地吸着气。她飞快地抬眼瞥了瞥他,他那越来越白的脸色使她的心脏紧缩而痛楚起来。她的手更冷了,而且发起抖来,她被迫地放下了杯子,杯子也撞得碟子"叮当"响。他终于抽了口气,哑哑地问了一句:"你……真有未婚夫?"

"我何必骗你?"她挣扎着说,"不信,你去问秦非!我……没有理由骗你,是……不是?"

他又沉默了。空气中有种紧张的气氛,他的呼吸沉重地鼓动着胸腔。好半晌,他忽然振作了一下,咳了一声,他清清嗓子,说:"好,你有未婚夫!"他咬牙又切齿,"好,你说了,我也听到了。我原来就有些怀疑,命运之神为什么对我这么好?我差点儿到行天宫去烧香了!我就知道,像你这样的女孩,不可能没人追,不可能轮到我……"他的嗓子又哑住了,再咳了一声,他突然又说了句,"他……是你的……未婚夫?"

"是。"她简短地回答,眼里已有泪光。

"好,"他再说,"好,"他重重地点头,"他仅仅是你的未婚夫,不是你的丈夫!好,让我和他公平竞争吧!我不预备放掉你!"

"什么?"她惊愕地抬起头来,惊愕地瞪住他,泪水在眼眶中滚动,"你不可以这样!"

"我为什么不可以这样?"他激烈地问,忽然隔着桌子,一把握住了她的手,把她的手握得紧紧紧紧的。他的眼光热烈而鸷猛地盯着她,似乎要看进她内心深处去,"你有没有一些爱我?"他问,"有没有一点点爱我?"

"我……我……"她嗫嚅着,"我根本……不能爱你!我……我……没有资格再爱你!"这两句话,倒真是掏自肺腑,泪珠从她眼眶中无法控制地涌了出来,沿颊滚落。她挣扎着:"你……你就放了我吧!饶了我吧!"

"你哭了吗?"他说,"你为什么哭呢?你这一哭,你未婚夫的地位就退了一步,你懂吗?"他更紧地握她,"我不能撤退,洁舲。即使你有未婚夫,我还是要追你!我还是要见你!因为你心里已经有了我!他不过是比我幸运,早认识了你,如果你早就认识我,你也不会和他订婚!"

"你怎么知道?"

"我知道。"他点头,固执而一厢情愿地,"因为我比他可爱,因为我比他固执!因为……"他喉中哽了哽,"因为……"他崩溃了,低下头去,轻呼出来,"因为我输不起!洁舲,我输不起!你怎能如此残忍?这样冷静地告诉我你有未婚夫!在我正开始计划一切一切一切一切……的时候!这太残忍!太残忍!不!洁舲,我输不起!我从来没有爱过,这是我第一次承认自己的感情,第一次陷得这么深这么深……见鬼!"他把头转开去,望着玻璃窗外面,"这不是世界末日,绝不是!"他自言自语。

"牧原!"她凝视他,感到五脏六腑都在绞痛,她的心碎了,"你并没有输!是不是?只是我没有资格来爱你,不是你输了……"

"如果你有资格爱我,你会爱我吗?"他掉转头来,又有力地问。

"我……我……"她张口结舌,眼前一片模糊。

"好,不要答复我!"他阻止了她,"我们认识的时间还不够长,不够让你深入地了解我……他认识了你多久才订婚?"他忽然问。

"噢!"她怔了怔,胡乱地说道,"三年吧,大概有三年多!"

"瞧！我们才认识三个月！"他胜利似的叫，眼中又亮起希望的光彩，"三年和三个月怎能相提并论！洁舲，你不爱他，你根本不爱他！"

"你又怎么知道？"

"如果你真心爱他，你不会被我吸引！你不会和我约会，你也不会让我吻你……"

"所以我才有犯罪感！"她已被他搅得头昏脑胀，思绪都不清楚了，"所以我再也不见你！所以我们之间已经结束了！所以一切都过去了！牧原，"她从座位里站起来，"你不要再跟我纠缠不清了，我们相逢太晚……太晚太晚了！我走了！再见！！"

"等一等！"他喊，伸手想抓他。

她挣开了，奔出了咖啡厅，奔到深夜的街头，向新仁大厦奔去。

她身后有喘息声，他追了过来，一把抓住了她的手腕。她身不由己地站住，他气喘吁吁地看着她，眼底，燃烧着两小簇火焰，他的声音沉重而急迫："他真的明天就回来吗？"

"真的！"

"你骗我！你可能有未婚夫，不见得明天就回来！不过，不管你有没有骗我，让我告诉你一句话，"他斩钉截铁地说，"我们明天见！"

"你……"她怔住，"不可能！不行！"

"那么，"他说，"我们今晚不分手！"

"你……"她更加发怔。

"我跟你上楼,你去睡觉,我在你家客厅睡沙发!"

她看了他好几秒钟。

"你是堂堂男子汉,"她清晰地说,"你受过高等教育,你是大学里的教授,你不再是撒赖的小孩!"她深呼吸,"我要怎样才能跟你说得清楚?君子不夺人所爱,是吗?你说过,你是个骄傲自负的人,难道你要我轻视你吗?你知道你什么地方最吸引我?就是你的坚强自信和你的一团正气,如果你对我撒赖,你在我心中建立的地位,就荡然无存了。你怎么如此幼稚?不要让我轻视你!不要让我轻视你!"

他被击倒了。这次,他被她犀利的言辞完全击倒了。他瞪视着她,顿感万箭钻心。是的,撒赖是孩子的行为,瞧!他竟把自己弄成如此可悲的局面,如此无助的局面。连自尊都被踩到了脚下。是的,他只能让她轻视他!他也轻视他自己!

于是,他放开了她,一语不发地掉转了头,走开了。

她目送他的身影消失,才转身走进大楼,跨进电梯,她贴墙靠着,觉得浑身的力气都没有了!

第十五章

一连好些日子，洁舲都关在家里没有出去。

她照样很早就起床，帮珊珊梳头，帮中中穿衣服，照顾两个孩子吃早饭，然后，两个孩子就去上学了。假期早已过去，珊珊在念小学二年级，中中念幼稚园大班。等两个孩子一走，洁舲就关进了她的卧室，宣称她要开始写作了。

事实上，洁舲用在写作上的时间并不多，她确实在写，但进度缓慢，她常有力不从心的感觉，而且，思绪总会飘到写作以外的东西上去。于是，她开始看书，她从小就爱看书，这一响，她看书已达巅峰状态。偶尔出去，她都会买了大批的书回来，然后就埋首在书堆里，直到吃饭时间才出房门。

秦非夫妇仍然从早忙到晚。每天晚上，秦非自己的诊所中也都是病人。洁舲会穿上白色的护士衣，也帮忙做挂号、包药、填病历、量体温等工作。虽然她早就学会许多护士的专长，像打针、静脉注射等，但是，因为她没有护士的执照，秦非就不让她做。尽管如此，病人多的时候也忙得大家团团转。

晚上九时半以后，秦非就不再接受挂号，但，看完最后一个病人，往往也将近十一点了。

生活，对秦非来说，是一连串的忙碌。

可是，虽然如此忙碌，秦非仍然关怀着洁舲，他知道她和展牧原"中断"了，他知道她又在疯狂般看书，他也知道，她在尝试写作了。

一天晚上，病人特别少，诊所很早就关了。秦非换掉了工作服，来到洁舲的屋里。他看到洁舲桌上堆着一大堆书，他走过去，随便地翻着：《罗生门》《地狱变》《金阁寺》《山之音》《千只鹤》《古都》《河童》……他呆住了，低头翻着这些书籍，默然不语。洁舲看着他，用铅笔敲了敲自己正看着的一本《雪国》，她习惯拿支铅笔，一面看书一面做记号。她笑了笑，解释地说："我最近在研究日本作家的东西，我觉得日本作家写的东西比中国作家广泛得多，他们什么题材都能写，也都敢写，中国作家往往局限于某一个范围之内。"

"不是日本作家的题材广泛。"秦非说，"一般欧美作家的取材都很广泛，因为他们只需要写作，不需要背负上道德的枷锁，更不需要面对主题意识是否正确这种问题。中国人习惯讲大道理，电影、艺术、文学好像都要有使命感，都要有教育意义！荒谬！所以，中国现代的作家，都像被裹了小脚，在那条道德、教育意义、主题意识的裹脚布下，被缠得歪曲变形。洁舲，如果你要写作，你就去写，放胆去写，不必考虑任何问题！千万别当一个被裹了小脚的作家！""我很怀疑，"洁舲坦率地说，"我是否会成为一个作家。我这两天想得很多，作家不是我的目的，写作才是我的目的，我只要坐下来，写，就对了！哪怕这世界上只有一个知音，也罢。没有知音，也罢。总之，要写出我心中的感受来，才是最重要的！"

"最初，可能是这样的，然后，你会渴望知音的。"秦非笑笑，继续翻着那些书，"你会希望得到共鸣，希望得到反应，希望拥有读者。因为，写作已经是很孤独的工作，再得不到知音，那种孤独感和寂寞感会把人逼疯。世界上两种人最可悲，一种是演员，一种是作家。演员在舞台上表现自己，饰演别人。作家在稿纸上表现自己，饰演别人。很相像的工作。两者都需要掌声。两者都可能从默默无闻到灿烂明亮，然后再归于平淡。于是，归于平淡之后，就是寂寞和孤独。平凡的人往往不认识寂寞和孤独，天才……作家或演员或艺术家或音乐家都属于天才型……很容易就会被孤独和寂寞吞噬。再加上，作家大部分思想丰富，热情，于是就更可悲：三岛由纪夫是最典型的例子，他身兼作家和演员于一身，对人类的绝望，对死亡的美化，对戏剧性的热爱……导致他最后的一幕，轰轰烈烈地切腹自杀。至于他死前的抗议、演讲那场戏，在他的剧本里原可删掉，他不需要给自己找借口。他生前有两句话已经说得很明白：生时丽似夏花，死时美如秋叶。这就是他一生的志愿，他做到了。"

洁舲抬起头来，不相信似的看着秦非。

"我不知道你研究过三岛由纪夫!"

"我是没有研究过。"秦非坦白地说,"但他死得那么惊天动地,引起全世界的注意,我当然也会去注意一下。"他合上书本,注视着洁舲,"你呢?你到底为什么在研究他们?"

"三岛由纪夫有一首诗,我念给你听好吗?"

"好。"

她拿起一本书来,开始念:"力量被轻视,肉体被侮蔑。悲欢易逝去,喜悦变了质。淫荡使人老,纯洁被出卖。易感的心早已磨钝,而勇者的风采也将消失。"她放下书,抬眼看他。

"我想,"她说,"这就是三岛由纪夫在四十五岁那年,就选择了死亡的原因。他崇拜武士道的精神,切腹是最壮烈的死法。如果他再老下去,到了七老八十,勇者的风采都已消失,死亡就不再壮烈,而成为无可奈何了。你说对了,三岛认为死亡是一种美,但,必须是他选择的死亡,不是在病床上苟延残喘的死亡。日本人都有这种通性,把死亡看成一种美。你从他们的作品中就可以看出来。"

"我知道。"秦非点头,顺手拿起一本《罗生门》,翻到作者介绍,他不由自主地念出几句话:"架空线依然散发出来锐利的火花。他环顾人生,没有什么所欲获得的东西,唯有这紫色的火花……唯有这凄厉的空中火花,就是拿生命交换,他也想把它抓住!"

"芥川龙之介!"她接着说出作者名字,"又一个把死亡看成绝美和凄美的作家!他死的时候更年轻,才只有三十五岁。他是吞安眠药自杀的。至于川端康成,他自小就是孤儿,感触很深。但他已度过了自杀的年龄,却仍然选择了这条路。他在七十三岁那年,口含瓦斯管自杀。"

"可能因为得了诺贝尔奖!"秦非说,"这么高的荣誉,得到了,年龄却已老去,再没有冲刺的力量,也再没有追求的目标。何况,当时很多评论家,批评他不配得奖,我相信,他得奖后比得奖前更孤独、更寂寞、更绝望,于是,生而何欢,死而何惧!"

"对了!"她深深点头,"就是这两句话:生而何欢,死而何惧!"

秦非蓦然从某种沉思中惊觉了,他盯住洁舲,深刻而敏锐地注视着她,同时,他情不自禁地喊了一声:"洁舲!"

她一震,抬起睫毛,迎视着他,他们互相注视着、研判着、揣摩着。都在彼此眼底读出了太多言语以外的东西。然后,秦非伸出双手,握住了她的手。他紧握着她,眼光深刻地看进她眼底深处,他用一种几乎是忧郁的语气,低沉而清晰地说:"瞧!知识并不一定是件好东西!"他摇摇头,语重心长地再加了句,"洁舲,别让我后悔给你念了大学!"

她默然不语,只是静静地、深切地看着他。

电话是凌晨三点钟响起来的。秦非在床上翻了个身,去摸电话听筒,眯着眼睛看看床头的钟,凌晨三点!准又是个急诊病人!宝鹃伸手过来,环抱住秦非的腰,把头依偎在他肩胛上,她闭着眼睛,模糊地说:"不要接,医生也有权利睡觉。"秦非安慰地拍抚了一下宝鹃,依然拿起听筒来。刚刚对着听筒"喂"了一声，对面就传来一个男性的、年轻的、苦恼的，而且是鲁莽的声音："秦公馆吗？我找洁舲听电话！"

见鬼！秦非醒了，瞪着钟。

"你知道几点钟了？"他问。

"我知道，三点。"对方回答，"我是展牧原！"

秦非怔了怔。

"好吧，我帮你接过去……"

"等一下，"展牧原忽然说，"你是秦医生？"

"秦非。"他说，他不喜欢病人以外的人称他医生。

"好，秦非，"对方沉重地呼吸着，"我能不能先和你谈两句话？"

"你能，但是，以后请你别选这种时间。"

"对不起，"展牧原歉然地说，"我忽然觉得不打这个电话我会死掉，所以我就拨了号，顾不得时间的早晚。"

"好吧！"秦非忍耐地说，"你要和我谈什么？"

"洁舲。"他说。

秦非顿了顿。

"我不能和你谈洁舲，"他说，"除非她自己愿意和你谈。她在我家，是……自主、自由、自立的！我没有权利把她的事告诉你！"

"只有一句话。"展牧原急切地。

"什么话？"

"她确实有未婚夫吗？"

秦非再一次默然。宝鹃已经醒了，她伸手扭开床头的小灯,在灯光下看着他。把头靠在他胸膛上,她倾听着他的心跳声,手指轻抚着他睡衣的衣领。

"展牧原,"秦非终于开口了,"你真的很爱洁舲吗?非常非常爱她吗?爱到什么程度?"

"唉!"对方叹了口长气,"这个时间拨电话,是没有理智;在被拒绝之后拨电话,是没有自尊;连续到你们家对面去等那个始终没出现的未婚夫,是傻里傻气;每夜每夜失眠到天亮,是疯里疯气……你还问我爱不爱她,或爱她到什么程度?"

"那么,"秦非深吸口气,下决心地说,"让我告诉你,她从没有什么未婚夫,她连男朋友都没交过……"

对面传来"咕咚"一声响,接着,听筒里又传来两声"哎哟,哎哟"的模糊呻吟声。秦非吃了一惊,慌忙对着听筒问:"怎么了?什么事?"

"没有,没有事!"展牧原的声音里充满了喜悦和狂欢,"我只是一不小心,从床上滚到地上去了,撞了我的膝盖……没关系,好了!我挂电话了……"

"喂喂,"秦非又好气又好笑,"你不是还要和洁舲说话吗?"

"是呀!"展牧原急迫地说,"但是我不能在电话里讲!我现在就过来了!""喂喂,"秦非喊,"你知道现在几点钟……"

但是,对方已经挂断了,秦非看看听筒,把它摔到电话机上。从床上坐起来,他看着宝鹃。

167

"他说他马上要过来!那个傻瓜真有点疯里疯气!我看你最好去叫醒洁舲,告诉她谎称的未婚夫已经被我拆穿了,至于为什么要编出个未婚夫来,大家的说法必须一致!"

展牧原到秦家的时候,是凌晨四点十分。

是洁舲给他开的门,她显然已经知道他要来,她已换掉了睡衣,穿了件简单的家居服——一件白绒布的袍子,上面绣着一束紫色的花朵。她的长发随便地披泻着,脸上白净清爽,丝毫没有化妆,清新得一如早晨的花露!

牧原是多么喜悦啊!虽然心底还藏着无数谜团。但是,只要她没有什么该死的未婚夫,什么都不严重了!什么都可以解决了。他看着她,呆呆地、愣愣地、痴痴地看着她,唇边带着个傻傻的笑。

"洁舲,我等不及天亮……"他想解释。

"别说了,进来吧!"洁舲让他进来,关上了大门,客厅里只有他们两个,秦非夫妇很明显地要让他们单独相处。牧原在沙发上坐下,洁舲给他倒了一杯热茶来。

"不要倒茶了!"牧原急促地说,"洁舲,你骗得我好惨!为什么要这样欺侮我呢?为什么要这样折磨我呢?为什么要害得我吃不下睡不着,紧张兮兮,疯疯癫癫呢?为什么……"他伸手抓住了她,因为她想躲开他,她眼里已闪起了泪光,"为什么要拒绝我?为什么要编出一个未婚夫?为什么千方百计要断掉我的念头?是我不够好吗?是我表现得不够真诚体贴吗?你知道我没有经验,如果我不够好,你可以骂我呀!你可以教我呀!你可以给我一点小苦头吃,但是不要这么绝情呀！你可以不理我一两天，但不要弄出个未婚夫来呀……"

洁舲抬眼看他，伸出手来，按在他的唇上，阻止他再继续说下去。

"我没想到，"她低声说，"秦非会帮你的忙，拆穿了我！"

"这叫……"他正要说，她又按住了他的唇。

"别说！现在是我说的时候。"她的睫毛垂了垂，再扬起来，眼底有种深切的无奈和凄苦，"我从认识你那天起，就连名字都不想告诉你的。我一直逃避你，不是你不好，而是你太好……不，别说！听我说！你有最好的家世、最好的父母、最好的学历，你又风度翩翩、幽默有趣、才气纵横……"

"哇！"他挣开她的手，眉飞色舞地说了句，"我怎么这么好！我自己也知道自己还不错，就没想到有这么好！你这傻瓜！这么好的男子你怎么还要折磨他，使他以为自己只有零分，差点儿去跳海……"

"你要不要听我说话？"她忍耐地问。

"要！要！要！"他慌忙说，"不过，如果我有那么好，你又没有什么该死的未婚夫，我想，我们之间就没有任何问题了！"

"是吗？"她憋着气问。

"是的！"他肯定地回答。

"你最好听我说完，不要再打岔！"

"好。"他把嘴巴闭得紧紧的。

"我必须告诉你，"她沉吟了一下，犹豫地咬咬嘴唇，"我是个孤儿。"

他睁大眼睛看她,不说话。

"我姓何,但是,何不是我的真姓,"她继续说,"很多很多年前,他们在医院门口捡到了我,整个医院为我开紧急会议,因为我又病又弱又遍体鳞伤,大家都以为我会死掉,后来,我居然被救活了。在医院里住了半年多,大家都喜欢我,所以,院长给了我他的姓,算是收养了我。全院的医生同仁,为我捐了一笔款算是我的生活教育费,当然,这笔钱早就用完了。而秦非夫妇,收留我在他们家,从不让我有经济困难,他们让我念书、求学,直到大学毕业。直到今天。"她一口气说完,盯着他,"所以,我真的是个谜。一个身世来源都不清楚的谜!你以为像你这样优秀的家庭,像你这样优秀的青年,能接受一个谜吗?一个真正的谜吗?"

他凝视她,不笑了,眼珠变得深黑而黝黯起来,他在沉思,在衡量,在揣测,他仔细地看她再看她。

"当初,医院没有调查过你的来历吗?"他怀疑地问,"那是多少年以前?""你最好不要再追问,"她的背脊挺直了,眼中开始有"武装"的色彩,"我并不想提我的出身,那对我是件很残忍的事,我从进中学起,就有了严重的自卑感,总觉得我不如人,为了这个,我还接受过心理治疗。让我告诉你,展牧原,这不是一件好玩的事。我没有未婚夫,没有交男朋友,就因为我不想面对这件事实。如今,你知道了,你可以退出去,从此不要再招惹我!我不会怪你,也不会恨你……"

"停!"他阻止地说,重重地喘了口气,他的眼睛里流转着光芒，视线在她那洁净的面庞上深深逡巡，然后，他低而清楚地说："我早说过，我就为这个谜而活着，现在，我懂了，我什么都懂了！"他把她拉到自己胸前，"洁舲，你是谜，或者不是谜，对我都一样，重要的是你本人，而不是你的家世！洁舲，"他再喘口气，眼睛里重新燃起了热情，"你太低估了我！"

"是吗？"她看着他，退后了一步，"不要让一时的感情冲动蒙蔽了你的视线，冲昏了你的头。你知道谜的背后，可能会藏着一些非常冷酷的真实。而某一天，说不定这些谜底会在我们面前揭穿……哦，哦，"她连退了两步，把头转了开去，急促地说，"你走吧！展牧原！你走吧！请你走！不要来烦我！不要来扰乱我！请求你！你走吧！快走吧！让我自己去过我的日子……"

他大踏步地走近她，脸涨红了，他用力把她拉进了怀中，用力地说："如果我有一天，因为你出身而轻视你，让我被天打雷劈！被打进十八层地狱！"

"别动！"她喊，把衣领翻开来，让他看她肩上的伤疤，这些伤疤，由于年代已久，又经过最好的外科治疗，所以并不可怖。只是，皮肤依然起皱，疤痕仍然相当明显。他的脸发白了，瞪着那疤痕。

"这是什么？"他问。

"烧伤的。据说我被捡到的时候，连头发都快烧光了，大家推测我被虐待过。我脖子上至今有疤痕，所以我常用围巾遮住它，连夏天都用围巾……"

"哦!"他低呼,"可怜的洁舲!可怜的洁舲!"然后,他的嘴唇就紧贴在她那疤痕上面了。

她全身一阵战栗。

"你还来得及后悔,"她颤抖着说,"你还来得及退出去。不要让我那个谜来玷污了你……我很怕,你知道吗?我怕得要命,你知道吗?如果你再不退出去,如果你再这样纠缠着我……我就会……我就会……"她抽噎起来,"我就会爱上你了!"

他飞快地把嘴唇从她的伤疤上,移到她的嘴唇上面,堵住了她的啜噎,堵住了她的颤抖,堵住了她的恐惧,也堵住了她的自卑。她的泪水流进了两个人的唇里,咸咸的,他用双臂紧箍着她的腰和背脊,嘴唇辗转地压着她的双唇。她的头开始晕眩,思想开始混乱,呼吸开始急促……她什么都不能想了,不能分析了,只是紧紧紧紧地偎着他,一任自己的胳膊,缠上了他的脖子。

在里面,宝鹃悄悄把开了条缝的房门合拢,回过身子来,她注视着秦非,眼里竟闪着泪光。

"秦非,这世界还是很可爱,是不是?"

秦非含笑地注视着她。

"哦!"她热烈地低喊了一声,就忘形地抱住了秦非,用劲地吻住了他,"我爱你。"她低语,"我爱你。"

"宝鹃,"他说,"我发现你也有点傻气!"说完,他情不自禁地低下头去,接应着她的吻。

一时间,屋里屋外,都忘形在拥抱中,直到小中中一连噼里啪啦地撞开了好几道门,嘴里大惊小怪地又叫又嚷:"今天早上怪怪的!每个人都怪怪的!洁舲阿姨在亲亲,妈妈也在亲亲,爸爸在亲亲,展叔叔也在亲亲……"

"老天!"宝鹃喊,跑出去一把捉住了中中,用手捂住了那张小嘴,把他拖回到他的房间里去。

秦非靠在墙上,仰头望着窗外的远方。

朝阳正穿透云层,迅速地升了起来。旭日的光芒,照亮了整个天空。

第十六章

十二月的时候，洁舲的第一篇短篇小说《天堂》发表在某著名文学杂志上了。同时，主编写了封信给洁舲，表示希望经常能收到她的稿子，无论字数多寡，都列为"优先考虑"的稿件里。因为，那编辑写着："多年来，我们始终在寻觅一位有才华的作家，现在，我们觉得，我们似乎找到了！"

洁舲的欢乐是无止境的。她把信和杂志拿给秦非、宝鹃看，欢快地说："你们知道吗？我会收到一笔稿费，这是个起点，以后，我可以慢慢负担自己了。秦非，这些年来，让你们养我，你们知道我有多不安！"

"好，"宝鹃说，"刚发表了一篇小说，就得意了，和我们算起账来了！那么，这些年来，你每天帮我照顾两个小家伙，每晚又当免费护士兼职员，你是不是要向我讨薪水呀！"

"你每个月都给我零用钱呀！又偷偷塞钱到我的皮包里呀！你一直让我过得像个阔小姐呀！"

"那也不够付薪水的,我算给你听,小周小陈只是每晚上班六小时,薪水是每人一万五千……"

"她们是有护士执照的呀……"

"喂喂!"秦非笑着叫,故意很严肃的样子,手里捧着那本杂志,"你们这两个庸俗的女人,快把我烦死了!在这种时候,你们算什么账呢!吵得我不能安心看小说!别闹好吗?让我把这篇东西看完!"

宝鹃对洁舲做了个鬼脸,真的不闹了。

秦非很认真地看了那篇《天堂》,故事写得很简单,写一个小女孩,从小生病瘫痪,只能躺在医院里,她总觉得自己快死了,而死后会进天堂。她不知道天堂的颜色,她就经常幻想:是白色,因为白色最纯洁;是蓝色,因为天的颜色是蓝的;是红的,因为红色最艳丽;是紫色,因为紫色最浪漫……然后,她又幻想天堂是彩色的,像彩虹一般,绚丽而富有各种美好的色彩,几乎她所幻想的颜色全在里面。然后,有一天,她的病在父母、亲人、医生——故事中有位很伟大的医生——的治疗下,终于有了起色了,当她的脚有感觉有反应的那一刹那,她喜极而泣了,叫着说:"我终于知道天堂的颜色了,它是透明的!原来我一直就活在天堂之中!只因为它透明,我就看不见它了!"

这篇东西只能算是一篇小品,但是,洁舲的笔触非常简洁而富有感情,对小女孩的心情描写得细腻而逼真,对医院的描写更是历历在目,因而,它有种令人撼动的力量。它感人、动人而迷人。秦非放下杂志,发现洁舲正满脸期盼地看着他。他重重地咳了一声，从餐桌上站起来（当时他们正在吃早餐），说："告诉展家那小子，今晚我请客出去吃牛排，我会提前下班回来，他如果有课也不许迟到，让他调课。至于今晚的门诊，休假一天，我们要好好庆祝一下！并不是每个家庭中，都会有作家诞生的！"他穿上外衣，准备去上班了，回过头来，他定睛看着洁舲："我为你骄傲，洁舲。如果你以后不好好写，你就是浪费你的天才了！你这篇东西……它使我感动，真的！"

洁舲满脸都绽放着光彩。

当秦非和宝鹃上班去以后，洁舲倒在客厅沙发里，用那本杂志盖着脸庞，就这样躺着一动也不动。张嫂以为她睡着了，连整理房间都轻手轻脚的。她一直躺到中午小中中和珊珊放学时为止，中中一进客厅，就"唰"的一下把洁舲脸上那本杂志抓掉了，嘴里嚷着："洁舲阿姨，没有人盖书睡觉的！应该盖棉被！"

他怔住了，回头大声找救兵："珊珊！洁舲阿姨哭了！张嫂！是不是你气的？我可没做错事！发誓不是我弄的！"

洁舲慌忙坐起身子，把珊珊和中中都搂进怀里，一边一个。她含着泪，却笑嘻嘻地说："没有，洁舲阿姨没哭，洁舲阿姨是太高兴了。"她吻了这个又吻那个，把面颊埋在两个孩子身上，嘴里又不断地喃喃自语着："天堂。天堂。天堂。"

"什么叫天堂？"爱问的中中又开始了。

"天堂就是神仙住的地方，傻瓜！"珊珊说。

是的，天堂就是神仙住的地方。洁舲的心欢唱着：天堂，天堂，天堂。天堂就在手边，天堂就在脚下，天堂就在头顶，天堂就在四周。天堂是透明的，一眼看去，无际无边。天堂，天堂，天堂。

那一段日子，每天都充满崭新的快乐，每天都充满了幸福。展牧原把他所有的课都集中在星期一二三的三天中上掉，然后他就有一连四天的休息，当然，这四天并不是都闲着，他还要改作业、出考题、带学生去实习……不过，无论怎么说来，当大学教授是很清闲的，尤其新闻摄影又是一门冷门课程。然后，剩下的时间，他真恨不得分分秒秒跟洁舲在一起。

他为她拍了无数照片，室内、室外、全身、半身、特写……

他那么爱拍照，她曾戏称他为"摄影疯子"（他并不是仅拍洁舲，有时，他也会对着一只蜥蜴或山边的一株野草莓，拍摄上足足半小时），不过，当照片印出来，她依然会兴高采烈地去欣赏那些照片。

展翔夫妇第一次见到洁舲，已经是十二月初了。在十二月以前，展翔夫妇已发现家里到处都是洁舲的照片，耳朵里听到的，也全是洁舲的事情了。

"你们知道吗？我和洁舲今天到郊外，发现了一棵梧桐树，落了满地的黄叶。哇呀！洁舲把所有有关梧桐的诗句都想出来了。什么'梧桐树，三更雨'。什么'春风桃李花开日，秋雨梧桐叶落时'。什么'梧桐更兼细雨，到黄昏，点点滴滴'。哇呀……"他满屋子乱转，疯子似的嚷着，"唐诗！

她是本唐诗！我一定要出版那本唐诗！""唐诗？"齐忆君说，"我以为你原想出版一本惊喜呢！"

"是唐诗，是惊喜，"展牧原一本正经地说，"洁羚实在是个很奇怪的女孩，她集古典和现代于一身，我可以为她拍个专辑叫唐诗，也可以为她拍个专辑叫飞跃……"

"叫什么？"展翔听不懂。

"飞跃，"展牧原神往地说，似乎洁羚已"飞跃"在他眼前，"我并不是说一定用这两个字，我只举例。洁羚是多方面的。用一个舞字也可以，用一个静字也可以，用一个盼字也可以，用一个纯字也可以，用一个亮字也可以，用一个柔字也可以……"

"好了好了！"齐忆君实在忍不住，"你到底什么时候把这个又亮又柔又纯又静又古典又现代又飞跃又唐诗的女孩带来给我看看？难道有这样的女孩，你还不预备定下来吗？还是只交交朋友就算了？"

"什么？"牧原吓了一跳，正色说，"妈，我这次是认真了！不是交交朋友，不是逢场作戏，我必须娶她！我为她快发疯了！"

"我看你已经发疯了！"那位母亲简直有惊心动魄的感觉。

"那么，你为什么怕把她带回来？"

"我怕吗？"牧原愕然地问。

"你怕。"齐忆君了解地注视着儿子，"我不知道你在怕什么，但是，你确实在害怕。你每天跟我们拖，找各种借口不带她回来，为什么？"

牧原怔了好一会儿。

"我是吗？"他犹豫地问。"你是的。"

牧原沉思了。是的，他在拖，已经拖到不能再拖的时候了。主要的原因，还是洁舲的出身问题。他始终不敢把真相告诉父母，他能肯定自己不在乎，却不能保证父母也不在乎。

一个来历不明的女孩子！一个身份不明的女孩子！一个被灼伤而遗弃在医院门口的女孩子！怎么说呢？他不敢想父母的反应。在过去这些日子，他只说："她就是某某医院何院长的女儿呀！她喜欢住在秦非家里呀！她和秦非夫妇比较容易沟通呀……"

展翔夫妇早已接受了这套说辞。他们虽然觉得洁舲不跟父母住，而和秦非夫妇住，多少有点奇怪，却也不认为是什么了不起的事。他们知道何院长已快七十岁了，洁舲显然是最小的女儿，"代沟"必然存在。而何家，多么好的家庭，展家与何家联婚，是足以骄傲着遍告亲友的。牧原对父母的了解很深，他怕说出真相，使父母贬低了洁舲。他也不敢要求洁舲，去隐瞒真相。一来怕终有一天会穿帮；二来也怕洁舲的敏锐。也深知，洁舲柔弱的外表下，却有颗易感的心！当初，为了怕他对她的出身轻视，她甚至想逃开他，那么，她当然也怕展翔夫妇对她轻视了！

于是，几度考虑，几度犹豫，最后，展牧原仍然选择了把真相告诉父母的一条路。在洁舲来展家之前，他把什么都说了。说完，他在展翔夫妇脑筋还没转清楚以前，就对家里先丢下一颗炸弹："洁舲的身世已经够可怜了，我不希望她在

179

我们家再受到任何刺激。反正,我已经非洁舲不娶。如果她能得到你们的宠爱,我会很高兴地把她带回来;如果她会受到盘问和刺激,我不冒险!我宁可你们不见她,也不能忍受失去她!"

展翔夫妇面面相觑,对他们而言,这实在是太意外,太意外了。而牧原那股不顾一切的坚决,更使他们惊惧而惶惑,不只惊惧惶惑,还有失意和伤感。这是个撒手锏,牧原是在"通知"他们,那意思很明白,等于在说:"不论你们喜不喜欢洁舲,不能伤害她,否则,你们就失去了儿子!"

展翔留学过欧洲,齐忆君求学于美国,夫妇二人都自认十分开明。他们对这问题,最初的反应,是"震惊"。等"震惊"过后,展翔很诚恳地对儿子说了几句话:"所有的弃婴,背后都有个不可告人或者不为人知的故事,例如私生子,或风尘女郎的孩子,或穷人家养不起的孩子。我们不知道洁舲到底出身如何,也不知道她背后的故事是怎样的。往最好的路上去推测,她出身贫寒,在意外中受到灼伤,父母无钱治疗,又是女孩子,就把她放在医院门口,让医院去治疗她,也等于是让她去自生自灭。这故事不管怎样,都有相当残忍的一面。生而不养,是残忍!伤而不治,是残忍!弃而不顾,是残忍!如今,洁舲已大学毕业,父母仍然没有露面,就不是残忍,而是奇怪!你爱洁舲,我们当然会去努力接受洁舲。但是,你有没有想过,如果有一天,谜底揭穿,洁舲……例如,洁舲是个风尘女郎的女儿,你会怎样想?"

"我不在乎!"牧原坚定地说。

"是个私生女?"

"我也不在乎!"

"我想,你什么都不在乎?"展翔问。

"是的!"

"那么,"展翔轻轻吐出一口气来,"我们不能选择的,是不是?我们只有接受她!带她来吧!反正,将来真正要跟你生活一辈子的,是她!不是我们!"

于是,十二月初,洁舲终于到了展家,正式拜望了牧原的父母。她那天又是一系列的白色衣服,白毛衣、白外套、白裙子,长发中分,披在肩上。眉淡扫而翠,唇轻染而红,洁净的面庞,洁净的装扮,洁净的眼神……她在第一次见面中就征服了展翔夫妇!

那天的洁舲,表现得既温柔又大方,既谦和又高贵,既文雅又自然,既尊敬又得体。不亢不卑,有问必答。当然,展翔夫妇避开了所有可能具有"刺激"性的问题。他们谈文学、艺术、小说、写作。展翔夫妇已看过她的《天堂》,不能不承认她有些才华。他们谈得很多,洁舲浅笑盈盈,声音清脆悦耳,谈吐流畅生动。时间竟不知不觉地度过去了。这是一次非常"成功"的见面。事后,展翔推翻了自己所有的揣测,纳闷地说:"如果这是帝王的时代,我会推测她是个落难公主!"他注视着妻子,"你相信遗传学吗?"

"那么,她一定有对很出色的父母!"展翔深思地说,"她的长相、气质、才华……都是与生俱来的!她一定有对很出色的父母!忆君,我告诉你。"他沉吟了一会儿,"这孩子真的是个谜!是个耐人寻味的谜!我敢说,她的出身不见得会配不上我们!"

不管展翔夫妇如何去推测洁舲的身世之谜,洁舲终于通过了展家的"考试",她就像一块石头落了地,如释重负。而展牧原,也开心得像个孩子手舞足蹈,又笑又唱。他不住口地对洁舲说:"我告诉你的吧!我父母是天下最伟大最开明的父母!他们一点儿都没有刁难你吧!他们现在天天称赞你!我跟你说,洁舲,将来你嫁到我家,一定会被我父母宠坏!我已经有点担心了,你说不定会把我的地位挤掉呢!"

洁舲笑着,笑得那么开心,那么喜悦。在她这一生里,她从没有如此深刻地体会过"幸福"两个字。十二月,虽然是冬天,她从不觉得冷,在草原上,在海滩上,在小溪畔,在山顶上,在风中,在雨中,在阳光中,在薄雾中……她让他拍照,让他拍了无数无数的照片,每张照片都在笑。

"洁舲,我们什么时候结婚?"十二月底,他问她。

"我不嫁!"她笑着说。

"不嫁?"展牧原对她做鬼脸,"真的不嫁?"

"真的不嫁!"

那是午后,他们正待在洁舲的房间里,因为天气已经相当冷了,外面寒风刺骨,天上又下着蒙蒙细雨。而家里,秦非夫妇都在医院,两个孩子被张嫂善意地带开了。这些日子来,展牧原早已成为家里的一员,是被全家当成"娇客"来看待的。室内很温暖,书桌上有盆洋杜鹃,一年四季里三季开花,如今正开得花团锦簇,十分热闹。而洁舲写了一半的稿子,还摊在桌上。

他们并没有待在书桌前面,只要牧原一来,洁舲的文章就写不下去了。他们并坐在床沿上,牧原的手攀着她的双肩,强迫她面对着自己,他的眼睛亮闪闪地盯着她:"我告诉你,我们在春天结婚!"

"不行不行!"她说,"太快了!"

"哈!"他胜利地叫着,"那么,是嫁了!只是不要太快!"

她笑起来,摇着头。

"你这人相当坏,很会布陷阱给人跳!"

他不笑了,正经地看她。

"不反对婚后和我父母一起住吗?"他征求地问,"如果我们成立小家庭,我父母也不会反对,但是,我毕竟是个独生子,我怕他们多少会有点感伤和……寂寞。"

她深深地看着他,不笑了。

"牧原,"她说,"你真的要娶我?"

他愣了愣。

"到这种时候,你怎么还问这种问题?"他说,"是怪我没有向你下跪求婚吗?我跟你说,我这人从不向人下跪的,男儿膝下有黄金,跪下去未免太没骨气了。可是,看样子,我不跪一下,你心里就不舒服……"他站起来,作势要下跪。

她慌忙拦住他,把他推回到床上去。

"不要乱闹!"她说,"你膝下有黄金,脑上有傲骨,你跪了我会折福。"

"那么,他绕回主题。你愿意和爸妈一起住吗?我保证,

183

他们会待你很好很好!"

她点了点头,虔诚而认真地。

"那么,明年四月结婚,好吗?""不行不行,太快了!"

"暑假?"他再问,"拜托,别再拖延了!你暑假再不嫁我,我就去……"他咬牙切齿。

"去追别人吗?"她问,睁大眼睛。

"去追别人!对!"他点头,"男子汉大丈夫要有点个性!免得让你瞧不起我,以为我是没人要,才这样缠着你!"他用手指抚摸着她的鼻尖,大话说完了,他立即叹口气,"不。洁舲,如果你明年暑假还不肯结婚,我只有一条路走。"

"什么路?"

"等。等。等。等你肯结婚的那一天!"

她深深叹了口气。

"牧原,"她再说,"你真的要娶我吗?你不怕我是个谜吗?你不怕我的出身不配吗?你不怕我有什么不能告人的秘密……"

"洁舲!"他叹息着喊,拥住她,"我要娶你,要娶你,要娶你,要娶你……"他一连喊出几十个"要娶你"。"不论你是什么出身,不论你的谜里藏着什么故事!那对我都不重要!重要的只有我所认识的这个洁舲。全世界唯一的这一个洁舲!"

她长长叹息,把面孔埋在他肩上。

"天堂。天堂。"她无声地低语着,"天堂。"

是的,天堂,天堂是透明的,就在手边,就在眼前,就在头顶,就在四周,无际而无边。

第十七章

第二年春天,展牧原终于为洁舲出版了一本摄影专辑。十六开本,二百五十面,将近两百幅照片。

这本"专辑"既没有取名叫"唐诗",也没有叫"飞跃",至于什么"盼""柔""静"等字都没有用,而干干脆脆地题名为《洁舲》。

翻开第一页,就是一幅洁舲跨了两面的照片。她真的穿了一身绲着白花边的洋装,坐在一条白色的小船里,打着把白色有花边的小洋伞,怀里、身边、脚前,都散放着一枝一枝的白色小花。这幅照片,如诗如画,如梦如雾,如仙如幻,动人至极。标题就叫《洁舲》,在照片下面,有一首小诗,是展牧原写的:她说天堂是透明的,在她眼前,在她四周,放眼看去,无边无际。

她从不知道天堂就是她自己,纤尘不染,冰清玉洁,人间天上,无计相回避。洁舲那么惊奇,秦非和宝鹃也相当惊奇。因为，展牧原嘴里叫着要出版"唐诗"什么的也叫了半年多了，始终没看到他有什么具体行动，谁知忽然之间，这本《洁舲》就出版了，而每幅照片，都配了字，有唐诗，有宋词，也有展牧原自撰的句子。由此看来，他早已对这本册子下了无数功夫。例如有幅照片，洁舲将长发在脑后挽了个髻，站在彩色的光晕之中，是室内打光拍的，光线有红有绿，她仍然一袭白衣，只是衣服也染上了光晕的颜色，照片下的题诗是：宝髻松松挽就，铅华淡淡妆成，红烟翠雾罩轻盈，飞絮游丝无定。

再有一幅，只拍摄洁舲的嘴唇，大特写，一张美丽而诱人的唇，下面题诗是：晚妆初过，沉檀轻注些儿个，向人微露丁香颗，一曲清歌，暂引樱桃破。

还有一幅，是洁舲穿着件薄纱的衣裳，在暗暗的光线下，燃一炉香，烟雾从香炉中氤氲上升，袅袅绕绕地盘旋着，而洁舲睫毛半垂，双眸半掩，神思沉静。题诗是：宝篆烟销龙凤，画屏云锁潇湘，夜寒微透薄裳，无限思量。

另外一幅，洁舲赤足站在海边，海风吹起了她的长发，又卷起了她的衣角，天边云彩堆积，"有风雨欲来"的气势，她却迎风伫立，飘然若仙，题诗却取自刘半农的"教我如何不想他"。

天上飘着些微云，地上吹着些微风，啊，微风吹动了我头发，教我如何不想他。

这本《洁舲》，出版得精致极了，印刷考究，每幅照片都充满诗意，编排更是第一流的！这真的成了一本惊喜！最难能可贵的,是牧原一直默默地做着,居然没有泄露秘密。当洁舲捧着这本册子,一看再看、一读再读之余,不禁感动得眼圈都红了。她翻着册子,看着牧原说:"我实在没有那么好,你用摄影技术,把我拍摄得太美,又配上太好的诗句,你使我……自惭形秽!我真的没有那么好,你太美化我!"

"我没有美化你!"展牧原说,"是你自己太小看了自己!洁舲,你知道吗?你是完美无缺的!"

"不不!"洁舲说,"世界上根本没有完美无缺的人,你这种论调会让我害怕……"

"世界上有的!"牧原拥着她,"你是唯一的一个!完美!洁白!是的,就是那八个字,纤尘不染,冰清玉洁,你在我心目里,就是这样的!洁舲看着他,不知怎的,竟激灵灵打了个冷战。《洁舲》这本册子,居然疯狂地畅销,一连加印了好几版。当初,展牧原只为了印来"自我欣赏"和"留作纪念",所以,是自费出版的。如此畅销,倒是始料未及,因为畅销,洁舲发现,她竟在一夜中出名了。摄影集用了洁舲的名字为书名,洁舲写作也用洁舲两字为笔名,春天时,洁舲凑巧又发表了好几篇小说在报章上。两个"洁舲"很快就被人拼凑在一块儿了。于是,邀稿的信来了,要照片的信来了,摄影公司的信来了,最后,连电影公司都找上门来了。

这使洁舲很不安。她对秦非说:"我简直不能适应了!你猜怎么,今天杂志社还给我转来了好多情书!我不要成名,我只想当一个默默无闻的人物,这使我害怕!"

"你一生都在害怕!"秦非看着她,"可能,你必须接受出名的事实。世界上,真正的美女很难默默无名,真正的天才也很难默默无名,你兼而有之。如何能不出名呢?"

洁舲睁大眼睛看着他。

"我真的很美吗?"她困惑地问,"我真的有天才吗?真的吗?"

"真的。"秦非正色回答,"当你满头冒烟、浑身着火地扑向我的时候,我已经被你的美丽震惊住。洁舲,世界上很少有人在最狼狈的时候还美丽,而你就是的。我想,你就属于那种天生丽质的人!"

"这是一种幸福吗?"洁舲惊悸地问,忧愁远超过了喜悦。

"我希望我不以色来争取感情。"

秦非想了想。

"不记得是哪一部电影中说过,眼泪多半从美丽的女孩眼中掉出来,平凡的女孩子反而幸福。"他对她笑笑,"不过,少操心吧!你没有什么好埋怨的!美丽总是上帝的恩赐,别辜负它!"他拿起那本摄影集,"好一个展牧原!他做得漂亮,写得漂亮,拍得漂亮。"他轻声念着:"她从不知道天堂就是她自己,纤尘不染,冰清玉洁,人间天上,无计相回避。"他抬眼看着洁舲。"你不必再担心什么了。一个男人,如果把你看成天堂,如果爱恋到这种地步,他不会在乎你任何事情了!"

"你真这么想吗?"洁舲依然忧心忡忡,"他已经把我过分美化了,你不觉得吗?"

"不太觉得。"秦非垂着眼光说。

"你瞧，他用的那些字：什么纤尘不染、什么冰清玉洁……"

"你本来就是如此！"秦非打断了她，"好了，我要去医院了！"

她退出秦非的书房，走向自己的屋里。一整天，她都在忽悲忽喜、若有所思的情绪中。

这天，展牧原来找她。一见面，他就哇哇大叫："不得了，我们必须提前结婚！"

"怎么了？"她有些心惊肉跳地问。

"今天居然有人打电话到我们家里，只凭摄影集上展牧原摄影几个字，就能找到我家电话号码，你看他有多大本领！他说要找洁舲，我问他找洁舲干什么，他居然说：我爱上她了，她是上帝为我造的！请你告诉我她的地址，我要和她结婚！你瞧！天下居然有这种疯子！气得我差点儿把听筒都砸烂了！"

她忍不住笑了起来。

"你笑！"展牧原气冲冲地瞪着她，"你还好笑呢！你得意，是吧？我都快气死了！前天，还有个疯子找到我的学校里，对我说：展教授，你做做好事，把洁舲的地址给我，我每夜都不能睡觉，如果不见到她本人，我会死。老天！怎么这世界有这么多疯子，早知道有这么多疯子，我真不该出版什么摄影专辑！"

她从抽屉里拿出一沓信件来，放在他面前。

"想看吗？"她说。

"这是什么?"

"情书啊!报社和杂志社转来的!"

"哎呀呀,"展牧原满房间跳,"我真是搬起石头砸自己的脚!这叫做不经一事,不长一智,属于自己的东西就该藏起来,偏偏自作聪明,去献什么宝!好了!现在,全世界的男人都知道有个洁舲!奇怪的是,他们难道都没有自己的女朋友吗?看了几张照片就写情书!老天!怎么有这么多无聊男子啊!"

洁舲笑着揽住他的脖子。

"好了!"她抚慰地说,"别满屋子跳了!他们写他们的情书,他们做他们的梦,只要我心里只有你,就好了!是不是?"

他动情地盯着她。

"你绝不能动摇啊!那些情书不论写得多动人,都是废话!你知道吗?都是花言巧语骗人的!你知道吗?那些男人都没安好心,你知道吗?……"

"是,"她温柔地说,忍着笑,"是,我知道。我都知道。"

"这种人绝不能理,"他再叮嘱着,"一理就没有完!千万不能理!也不可以心软……"

"是,"她再说,"我知道,我不理。只是……小钟怎么办?"

"什么小钟大钟?"他吓了一跳。

"小钟是秦非医院里的实习医生,他看了摄影集,打了个电话给我,你要了解,我早就认识小钟了。他说每张照片都喜欢得不得了,说你是天才摄影家……"

"哦,这句话说得倒有点道理。"牧原点点头,"然后呢?"

"然后呀!"洁舲拼命忍住笑,"他就说,要请我喝咖啡,看电影,去夜总会跳舞……"

"不行不行!"展牧原慌忙叫,"这个人油腔滑调,会灌迷汤,靠不住,靠不住。不能理,绝对不能理!什么大钟小钟咕咕钟,统统不能理!"

洁舲笑弯了腰。就在这个时候,刚放学回家的小中中又噼里啪啦地一连撞开好几道门,直闯进洁舲房间里来,背上还背着小书包,他嘴里大叫大嚷着:"洁舲阿姨!洁舲阿姨!"

"干吗呀?"洁舲慌忙抓住那像个火车头般的小子,"什么事?慢慢说!"

"洁舲阿姨,"那孩子兴奋得脸发红,跑得直喘气,"今天老师都在看你那本照片,我就告诉老师,这是我的洁舲阿姨,后来,魏老师就把我叫过去,说要我带洁舲阿姨去学校玩,如果你去了,他就给我奖品!"

"喂喂,"展牧原蹲下身子,对小中中说,"你那个魏老师是男的还是女的?"

"是男的!"中中拉着洁舲的裙角,"你一定要去!洁舲阿姨!魏老师很好,他长得像电影明星秦汉……"

"喀!喀!喀!"展牧原连咳了三声,拉住中中的小手。

"中中,"他急急地说,"洁舲阿姨不去你学校,也不去看什么魏老师……""不可以!不可以!"孩子扭着身子,"老师要给我奖品……"

"不用老师给，展叔叔给！"牧原说，"一套手枪！两把！可以挂在腰上的！如何？"

中中转着眼珠，考虑着。

"外加一架飞机、一盒蜡笔、一艘兵舰……"展牧原再说。

"卡里卡里？"中中说。

"好！卡里卡里！霜淇淋，还请你去吃一顿！"

"老夫子！"中中说。

"好，一套老夫子！"牧原紧盯着中中，"你这简直是敲诈！你说吧！开出价钱来，你展叔叔照单全收！算我前辈子命里欠你的！"

摄影集出了两个月，反应才比较弱了。但是，微波却始终荡漾着。

这晚，洁舲去了展家。和展翔夫妇讨论了一下婚事的问题，已经是四月了，暑假转眼将至，展牧原又急得不得了，恨不得马上结婚，随时随地，都怕洁舲被别人抢走。一直磨着父母，所以，展翔夫妇已在礼貌上拜访过洁舲的养父何院长，又正式拜访了秦非夫妇，大家商议着把婚期定在六月底。

这晚，洁舲去展家，一切又谈得更具体了，新房就在展公馆内，日子挑了，是翻着皇历选的，虽然展翔夫妇都不迷信，这种"传统"仍然不能免。定在六月二十五日。屈指一算，只有两个月了。两个月中要装修新房，要拟请帖，要做衣服，要开出宴客名单，要买结婚戒指……就有那么多该做的事,大家都有些紧张起来,紧张之外,当然也充满了喜悦之情。

从展家出来,夜色很好,天上的月亮又圆又大,一切都是好兆头。牧原有些兴奋,握着洁舲的手说:"别开车了,我们散步走回你家,好吗?"

"好啊!"洁舲笑着,"那么,你预备再单独走回来吗?"

"不,你当然要送我回来!"

"你再送我回去?"

"是。"

"我们就这样送来送去到天亮?"

"所以要结婚呀!"牧原说,"结婚的最大好处,是谈恋爱比较方便一点。不要等电话,不要订约会,不要送回家,还不要被小中中敲诈!"他咬牙切齿,"结完婚第一件事,把那小家伙抓来揍一顿!"

洁舲又笑。最近,她是真爱笑。日子订了,一切大局也定了!她相信自己面前,有一段美好的人生在等待着了!另一个开始!另一段崭新的人生!

他们手牵着手,就这样在人行道上走着。夜已深,街上行人不多,车辆也不多。街灯很柔和地闪亮着,初夏的夜风是凉爽的、轻柔的。月是明亮的,如水的。红砖的人行道上,两人的脚步都几乎是一致的。他们的手紧握着,都甜甜地陶醉在那种深深的爱意里。

就在这个时候,街边上,有个衣衫褴褛的老人,似乎跟着他们走了好一段路。起初,洁舲根本没注意,后来,她有点发现了,她不安地回头望望,那老人头顶是秃的,背脊弯着,穿了件脏兮兮的蓝布衣服,在那儿低着头,嘴中念念有词……在树荫及墙角的阴影下,他的面目完全看不清楚,但他那走路的样子、身材和背影,不知怎的,却有些熟悉,好像在什么地方见过。

"别理他!"牧原说,他也注意到这老人了,"一个醉鬼而已。"

洁舲颤抖了一下。

"怎么了?冷吗?"牧原问。

"是,"洁舲应着,"风突然变冷了。"

"披上我的外衣。"他要脱下自己的夹克。

"不不!"她慌忙说,"没那么冷。"

"是吗?那么,我把你搂紧一点。"他用胳膊搂住了她的腰,把她搂得紧紧的。

他们继续向前走,就在这时候,那醉鬼颠簸了一下,脚底似乎被什么东西绊了,他直往他们面前扑过来。展牧原慌忙搂着洁舲躲开,一股酒味混合着汗酸味和腐烂似的臭味就对他们扑鼻而来,洁舲连退了好几步。这举动似乎刺激了那酒鬼,他居然对他们伸出手来,讨起钱来了:"你们过得好、穿得好,也帮帮我这倒霉鬼吧!"他含含糊糊地说,嘴里好像含着个鸡蛋似的,口齿不清。"我只要买瓶酒喝!我只要……买瓶酒喝!"

牧原从口袋里掏出一张钞票,急急地甩给了他,拉着洁舲就往前走去。钞票被风吹到地下了,那酒鬼跌跌撞撞地去捡，嘴里还在念念有词。牧原有些懊恼地说："奇怪！这种人怎么不被送进流民收容所？居然允许他满街乱跑，还跟人要钱！"洁舲不说话，她的手忽然变得冰冰冷。

"你真的冷了！"牧原脱下自己的夹克，披在她肩上，这次，她没拒绝。

他们向前继续走去。洁舲悄悄回顾，那家伙并没有消失，仍然如影随形般遥远地跟着他们。洁舲觉得那股寒意，开始从心底直蹿到脑门，她不知不觉地往牧原怀中偎紧，要寻求保护似的。

"那醉鬼让你害怕吗？"牧原细心地问，"好，我们叫车回去吧！"

他招手叫了一辆计程车。

他们钻进车子，洁舲上车前的一刹那，仍然回头望了一眼，那醉鬼正靠在墙上，背不弯了，两眼直直地瞪着她，里面幽幽地闪着光，如同鬼魅。她倒抽了一口冷气，立即钻进车子。恍惚中，有个遥远的梦魇又回来了！

第十八章

洁舲回到家里,已经十二点多钟了。

她的第一个冲动,是把今晚的忧惧立刻告诉秦非和宝鹃。

但是,一进门,她发现家里已经静悄悄的,秦非和宝鹃都睡了,卧室门缝中已无灯光透出。想想自己这两天,都没有留在诊所帮忙,又没照顾两个小家伙睡觉,心里已觉歉然,再要因为自己的"神经过敏"(很可能只是神经过敏)而吵得秦非夫妻不能睡觉,那就更罪不可赦了。

她回到自己的卧室,开亮了灯,一屋子温暖、宁静而祥和的气氛,立刻把她包围住了。她四面看看,那盆洋杜鹃又开起花来了,开得好热闹,桌上的台灯,有个白纱的灯罩,灯罩下的光芒是明亮而喜悦的。在这房间里,实在找不到丝毫鬼魅的阴影。她回忆街上那老人,忽然觉得非常真实,那仅仅是个流浪的醉鬼而已!她对镜自照,明亮的眼睛,乌黑的长发,修长的身材,红润的面颊……一个准新人。一个六月新娘！不，没有鬼魅，没有梦魇，没有阴影……一切都只是她的神经过敏！

于是，她抛开了这个问题。

第二天早上，阳光灿烂地射满了房间。昨夜的一切更不真实了。小珊珊奔来让她梳辫子，小中中又奔来跷着脚丫让她穿鞋子，张嫂穿来穿去满屋子捉他们吃饭，嘴里叽里咕噜叫着："再去磨人家洁舲阿姨吧！到六月，人家嫁了！看你们两个小鬼头怎么办？"

早餐桌上，珊珊和中中又吵成一团。

"洁舲阿姨，"中中说，"张嫂说你要结婚了，结婚是什么？"

"结婚就是嫁给展叔叔，傻瓜！"珊珊对弟弟说，"结了婚以后就搬去跟展叔叔一起住，不跟我们住了！"

"那么，洁舲阿姨，"中中忧虑而焦灼，"你不要和展叔叔结婚，我和你结婚！"

"你太小了！傻瓜！"珊珊又说。

"我不小！我不小！我不小！"中中开始尖叫起来，用筷子毫无风度地去打他姐姐的手腕，"我要和洁舲阿姨结婚！我不是傻瓜！我是聪明瓜！"

"你怎么打人！痛死了！"珊珊叫着，"你是傻瓜！你就是傻瓜！"

"我是聪明瓜！我是聪明瓜！"中中固执地喊，同时用力去拉珊珊的辫子，珊珊痛得尖叫起来，一面求救地大嚷大叫："洁舲阿姨！洁舲阿姨！你看弟弟！你看弟弟！"

197

"天啊!"宝鹃嚷,"洁舲还没出嫁,他们已经打成一团了,将来岂不要了我命!"

洁舲赶过去,慌忙把珊珊的辫子,从小中中手上抢救出来,然后,她左拥一个,右抱一个,吻着他们的面颊,先安抚珊珊:"珊珊,你是大女孩了,不和弟弟争!他还不懂事呢!是不是?"

"我懂事!我是大男孩了!"中中又嚷。

洁舲再安抚中中:"你是大男孩,怎么去扯女生的头发呢?只有小男生,才打女生!"

"我是大男生!"

"那么,跟姐姐说对不起!"

"可是,可是,"中中不服气地翘起嘴,"她骂我是傻瓜!我不是傻瓜!"

"好,"珊珊准备息事宁人了,"算你是聪明瓜!"

"好,"中中也大方地对姐姐行了个军礼,"对不起,行个礼,放个……"

洁舲一把蒙住他的嘴,及时把他那不太雅听的两句话给蒙回去了。宝鹃看看他们,看看秦非,一桌子的人,包括张嫂,大家都笑了起来。

在这种气氛中,在阳光灿烂的大白天,洁舲怎样都无法相信真有什么"鬼魅"会现身。她决心不提这件事了。接下去的好几天,大家都好忙,牧原常来接洁舲去选结婚戒指,他坚持要订一个两克拉的钻戒作为婚戒,洁舲习惯于俭省,认为这是不必要的浪费,两人争争吵吵地跑银楼,最后还是依了牧原，订下了个两克拉多一点的钻戒。而宝鹃，又常请了假，拉着洁舲去选衣料，做新装，她说："好歹是从我们家嫁出去的！不能让别人笑话我们寒酸小气！"

洁舲简直拿宝鹃没办法。尽管她认为做太多衣服也是浪费，但世俗中对"嫁妆"的观念实在很难消除。于是，一忽儿忙着选首饰，一忽儿又忙着选衣料，一忽儿忙着订礼服，一忽儿又忙着量身材……在这种忙碌中，洁舲几乎已经忘记那个幽灵了。

直到有一个白天，牧原和洁舲从新仁大厦出来，走往停车场，牧原的车停在那儿。他们准备去为牧原选西装料，定做结婚礼服。才走进停车场，洁舲就一眼又看到了那个"幽灵"。这是大白天了，午后的阳光洒落了满地，什么都看得清清楚楚，再也不可能是错觉！那个鬼魅，他就站在牧原的车边，眼睁睁地看着他们上车。他静悄悄地站着，不动，也不说话。尽管时光已流逝了十几年，尽管他头顶已秃，尽管他看来又肮脏又邋遢。但，他那阴沉的眼光，不怀好意的注视，那被酒精蹂躏得变形的脸，和他那满身邪气及暴戾，仍然让洁舲整颗心都跳向了喉咙口。不是幻觉，不是神经过敏，这个人……不，这个魔鬼，就是化为飞灰，她仍然能一眼认出来，他是……鲁森尧！

当天整天，洁舲魂不守舍。牧原沉溺在欢乐中，根本没注意到停车场里的幽灵。可是，洁舲脸色苍白，答非所问，眼神昏乱，心不在焉，使他非常焦急。他不止一次去试她额上的热度，最后，洁舲终于说："送我回去！牧原，我想我病了。"他立刻开车送她回新仁大厦，但是，车子停在停车场后，她却不肯下车，在车子中坐了好一会儿才下来。他不禁担心洁舲害了精神紧张症。等上了楼，洁舲走进秦家，立刻冲进浴室去大吐特吐，把胃里所有吃的东西都吐得光光的，牧原这才急起来，她是真的病了。

牧原想打电话让秦非回来，洁舲躺在床上，脸色像被单一样白，她制止了他，勉强地说："我只是太累了。没关系，我睡一觉就会好。你能不能先回家，让我一个人躺一躺！"

"我陪你。"他握着她的手说，"我陪你。你尽管睡，我坐在这儿不出声。""不。"她非常固执，"你在这儿，我反而睡不好，你回去，我跟你保证我没事！我只是需要休息。真的，请你先回去吧！"

"可是……"

"我坚持要你回去！"她固执地说，注视着他，"你不是还要去拟请客名单吗？你不是还要给学生出习题吗？你不是还有好多作业没看吗？我在这儿休息，你正好去把工作做完，是不是？"

他把手压在她额上，试不出热度。

"放心，"她拉下他的手来，"我自己等于是个护士，打针开药以及简单诊疗都会，我知道我只是需要休息，我太累了。"

"好吧！"他无奈地、顺从地说，"那么，我先回去了。"他帮她盖好棉被，俯身吻她的唇。她忽然用双臂紧紧紧紧地缠绕着他的脖子，在他耳边低语："牧原，我好爱好爱你！"

他心中怦怦乱跳,喜悦和感动涨满了胸怀。

"我也好好爱你!"他说,情不自禁地再去吻她。

她热烈地反应着他的吻,热烈得让他浑身的血液都沸腾起来,他忘形地拥着她,感觉得到那女性胴体在他怀中轻颤。

然后,她推开了他:"再见!"她说。

他站直了,心脏仍然在激烈地跳动着。他俯头看她,老天,她多么美丽啊!这即将属于他的……新娘!他吐了口气,又吸了口气:"好,我晚上再来看你!再见!"

"再见!"她睁开眼睛,目送他走出房间,带上了房门。她却没有睡,眼睁睁地看着天花板,等待着。

牧原下了楼,到了停车场,走进车子的一刹那,有个肮脏的人影忽然像幽灵般无声无息地钻了出来,一阵扑鼻的酒味和汗臭味,然后,有张肮脏的手就伸向了他:"先生,给一点钱买酒!我只要一点钱,买瓶酒喝!先生……"

他嫌恶地后退了两步,是了!这个酒鬼!那天晚上也曾出现的酒鬼!看样子他就在这一带乞讨生存着,每个社会都有这种寄生虫!他看过去,后者那发红而糜烂的眼眶,那挂着口涎的嘴角使他一阵恶心,他掏出一张十元的钞票,丢给了他,开着车子走了。他丝毫也没把这酒鬼放在心上,更没把这肮脏的寄生虫和他那"冰清玉洁"的未婚妻联想在一起。

十分钟后,洁舲走进了停车场。

鲁森尧从他蜷缩的角落里站了起来,走近她,双眼邪恶地盯着她,手中舞动着那张十元钞票,"嘿嘿嘿"地笑了起来,边笑边说:"我知道你会来的!嘿嘿嘿!刚刚你那个漂亮的男朋友……啊哈！他给了我十块钱！只有十块钱，他以为我是乞丐吗？啊哈……"

"你要干什么？"洁舲鼓起勇气说，"你到底要干什么？我不认识你！"

"你认识的！嘿嘿嘿！我是来讨债的！十三年前，你把我送进监牢，关了我三年半！冤有头，债有主！我是来要债的！"

他从口袋里掏出几张皱皱的纸，洁舲看过去，居然是那本摄影专辑里的几页。"你现在是大明星了，照片都印在书上……"

"我不是明星！"她冷然说，声音仍然控制不住地颤抖着。

"你到底要干什么？"

"我好不容易才又找到了你……"他看着照片点头，"给我十万块！我拿了十万块就走，到南部做小生意去！十万块，对你大明星是小数目。嘿嘿嘿……"

"我没有十万块！"她挣扎着说，勇气和冷静都在消失。

"你如果再烦我，我会告诉员警……"

"再关我一次吗？"他狞笑着，那面目狰狞，丑陋，而下流，"去告啊！我也有朋友，我朋友说，你这种大明星告了人会见报的！你啊！我做错了什么？牢也坐过了，我不怕了，我什么都不怕了！嘿嘿嘿，豌豆花，咱们那个孩子呢？你们把他弄到哪里去了……"

洁舲浑身一阵剧烈地颤抖，然后，她发出一声恐惧至极的低喊,转身就往停车场外逃去。鲁森尧并不追她,只在后面冷幽幽地笑着,嘴里念念有词地说着:"十万块,豌豆花,我会等着你的!十万块,我就到南部去。十万块……"

洁舲逃回了家里。

一小时后,秦非和宝鹃都赶了回来。

秦非先在停车场中,彻彻底底地找了一遍,什么人影都没看到。宝鹃拉着他的手腕说:"你想,会不会是洁舲的幻觉?李大夫说过,洁舲的心病并没有治好,所谓心理重建,也是治标不治本。洁舲的自卑感,已经非常严重,最近,婚期已近,往日的阴影一定在她心理上造成压力。何况,她一直在害怕一件事,怕新婚之夜会穿帮!我……实在不相信,那个人敢找上门来!难道他不怕法律再制裁他!"

"我们最好上去和洁舲谈谈!"

"或者,"宝鹃忧心忡忡,"当初不提起告诉,也就算了!"

"让犯罪的人逍遥法外吗?"秦非激烈地说,"那么,法律还有什么用?何况,现在说这句话,也太晚了!十三年前的事早成定案!不告他!怎能不告他!你忘了当时的情况吗?"

"好了!"宝鹃说,"我们快去看洁舲吧!"

他们上了楼,才走进家门,张嫂已经报告说:"洁舲小姐好像病得很重,脸色好白,又一直呕吐。我叫她吃点药,她也不肯!我看,需要打一针呢!"

秦非和宝鹃慌忙走进洁舲的房间。洁舲躺在床上,两眼大大地睁着,看着天花板,脸上毫无血色,连嘴唇都泛着白。

听到门响,她立刻从床上跳起来,回头注视着秦非夫妇。

203

"洁舲！"宝鹃被她的脸色吓了一跳，立刻赶过来，用双臂拥着她，洁舲在她手臂中颤抖，"你不必怕成这样子，洁舲！我们还有法律呢！他再也不能欺侮你了！再也不能了！你懂吗？你是何家的女儿，你和他风马牛拉不上关系，他根本无法敲诈你！他是个疯子！如此而已！你怕他干什么？不要理他，就当他是个疯子！我告诉你一个最好的方法，他如果再出现，你就当成不认识他，无论他说什么，你都说听不懂，他闹得太过分，我们就报警！"

洁舲睁大眼睛看着宝鹃。

"他会告诉牧原的！"她颤抖着说，"他已经成了亡命之徒，亡命之徒什么都不怕！何况，他又下流又卑鄙，他……他……他居然问我，孩子在哪里……"

"洁舲，"秦非拉了张椅子，坐在她对面，低头深深注视她，"你确定……"他有力地问，"你见到了他？不是出自你的幻觉？"

她抬头看了秦非两秒钟。

"我但愿是出自我的幻觉。"她说，"打电话给牧原，问问他有没有在车场给酒鬼十块钱的事！请！"她急切地说，"打电话给他！"

"等一下！"宝鹃说，"万一……我是说万一，洁舲，你知道你接受过好长一段时间的精神治疗，十三年前，你经常半夜哭叫着醒来，说他在你房间里！如果这次，万一是你的幻觉，打这个电话给牧原，岂不是太奇怪了！"

秦非沉吟了一下。

"不奇怪。"秦非说,"我来打!无论如何,我们要弄清楚这回事!"他立即拿起听筒,接通了展牧原。

洁舲和宝鹃都紧张地望着秦非,秦非冷静地开了口:"牧原,我刚刚下班回家,在停车场看到一个酒鬼,拦着人家车子要钱,听大厦管理员说,这酒鬼最近常常在这一带游荡,你有没有被骚扰过?"

"有啊!"牧原立即说,完全心无城府,"我回家时,还给了他十块钱呢!你们应该报警,把他送到流民收容所去!上次我和洁舲散步回家,他也跟在后面,把洁舲吓得要命……对了,洁舲怎样,好些了吗?"

"她……好多了,睡着了。"

"哦,"牧原的声音轻快了,"告诉她,我晚上来看她!"

"她……"秦非犹豫了一下,"宝鹃说,晚上要带她去做衣服,要不你明天再来。这样吧,等她醒了,再跟你通电话!"

"你,要她一定打给我!"

电话挂断了,秦非看着洁舲和宝鹃,沉重地点了点头,简单明了地说:"证实了。前些天夜里,他就在跟踪了!"

洁舲一下子就扑进了宝鹃怀里,喃喃地说:"我宁愿是幻觉!我真的宁愿是幻觉!我宁愿是幻觉!"

秦非忽然跳了起来,要往室外走。

"你干什么?"宝鹃拉住他。

"中中的棒球棍呢!我到停车场去等他!"

"你疯了?"宝鹃说,"打死了他你还要偿命!这算什么办法,不如坐下来大家好好商量。"

秦非气冲冲地又坐了下去。

洁羚低垂着头,悲切地说:"我早就知道命运不会对我这么好!我早就知道!"

"给他十万元吧!"宝鹃说,"就算遇到抢劫了,就算被小偷偷了,给他十万块,打发他走开……"

"不行!"秦非生气地说,"你给了他第一个十万块,就会有第二个十万块。而且,我绝不赞成和罪犯妥协,更别说被敲诈了!我实在不懂,他居然敢拿自己的罪,来敲诈他的被害者!人,怎么能够卑鄙到这个地步!下流到这个地步!混账到这个地步!"

"他可能已经计划很久了。"宝鹃说,"他可能跟踪洁羚和牧原也很久了。他完全知道,洁羚怕什么。他也完全知道,展家毫不知情。他更调查过,展家是政界要人,不能闹出新闻……"

洁羚呻吟了一声。

"叫牧原来……"她低语着,"我还是和他……和他……和他分手吧!"

"不要傻!"秦非瞪着洁羚,"又不是小孩子扮家家酒,说聚就聚,说散就散!婚期都已经定了,就是要分手,也要给别人一个理由,你有什么理由呢?"

洁羚抬起头来,定定地看着秦非,慢慢地说:"我有理由。"

"什么理由?"

她清清楚楚地吐出两个字来:"真实。"

室内安静了好一会儿，三个人都陷进了沉思之中。好半晌，宝鹃才勉强地开了口："或者，这也是个办法，不必分手，不一定会分手。我们和人性赌一赌。展牧原优秀开明，对洁舲又爱得死心塌地。我们值得去赌一赌，并不一定会输。那个混蛋之所以敢敲诈洁舲，只因为知道展牧原不知情。假若展牧原了解所有真相，他也无法敲诈了！"

"你，"秦非说，"就算牧原能谅解洁舲，仍然爱洁舲，展家两位老人家呢？也能接受这事实吗？"

洁舲用舌头润了润自己那干燥的嘴唇，闭了闭眼睛，终于坚定地、下决心地说："不管他们能不能接受，我只有一条路可走。因为世界上只有一个我——今天的何洁舲，十三年前的豌豆花。我要告诉他，我要把一切都说出来，事实上，那个魔鬼在此时此刻出现，可能还是我的幸运，如果婚后再出现，就更难办了！我本来就不愿欺骗，现在更加强了我的决心，说出真相，总比每天坐在炸弹上，担心随时会被炸得粉身碎骨好！"

秦非注视着她。

"如果你一定要说，让我来帮你说吧！"

"不。"洁舲放开了宝鹃，沉静而坚决地坐直了身子，她脸上有种不顾一切的勇敢，眼睛里闪烁着两点火焰似的光芒。忽然间，无助和柔弱都从她身上消失，她看起来又坚强、又勇敢、又果断、又悲壮。"我要亲自告诉他！十三年间，你们已经帮我处理了太多事情，这次，我必须自己来面对它！无论是福是祸，我要自己来面对它！"

她的脸上、身上、眼底、眉梢，全带着一团正气，这正气燃亮了她整个人，使她像个璀璨的发光体。秦非目不转睛地看着她，忽然觉得，她比以前任何一个时刻，都更加美丽。

于是，这天晚上，等孩子们都睡了，洁舲打了个电话给牧原，她并不知道，这电话居然已经打晚了一步！

第十九章

展翔夫妇是很开明的,他们爱儿子,也尊重儿子的爱情。对洁舲,他们一度也有疑惧,他们并不喜欢任何的"谜",他们喜欢所有的事和物都清清楚楚。但是,展牧原对洁舲的一往情深,和洁舲本身的谈吐风度……把展翔夫妇所有的疑惧都一扫而光。他们仍然坚信洁舲之谜,必然有个残忍的故事,可是,他们也坚信,英雄不论出身高低,那谜底是什么,仿佛并不太重要了。

但是,这种心情,并不妨碍他们去打听一下洁舲那个"谜底",最初被追究的,是何院长,这老院长证实了洁舲的说法,说是在"医院门口"捡到的孩子,而且,就开始像生身父亲般,吹嘘赞美起洁舲的诸多长处,一讲就讲了两小时都没完,弄得展翔夫妇简直无法再开口。事后,他们觉得老院长涉世经验丰富,他是故意在"堵"住他们的问题。然后,展家开始向医院方面调查。他们一上来就错了路,把年代弄错了起码十年,"弃婴"两个字指向"婴儿",他们在二十年前的档案和医生护士中打听,没有一点点线索找到。只有位内科护士长说了句:"那时候,常有孩子被送到医院门口来,无名无姓又无身份,老院长心怀仁慈,就报他的姓,给他们取了名字,然后交给医院中同仁去养育,也有的送给别人收养。不过,这些事,关系孩子的幸福和未来,我知道得也不多,因为老院长不喜欢我们知道。"

展翔夫妇并没料到这位护士长和宝鹃是姐妹交,第二天宝鹃已知道展家在打听洁舲的一切,从此,医院中更是一点点口风都找不到了。本来嘛,二十年来,医院中人事变迁就很大,很多人都调走了。展翔也曾进一步推算,二十年前,秦非才多大,怎会愿意"养育"这个"弃婴",直到有天和洁舲闲谈,洁舲说她是读中学以后,才搬去跟秦非夫妇住的。一切又都吻合了。

总之,洁舲除了"出身"问题之外,应该没有其他问题!

展翔虽对这"身世"二字,多少有点忌讳,但看那小两口恩恩爱爱,牧原爱得疯疯癫癫,一本摄影集又出得轰轰烈烈,再加上,父母对小儿女的恋爱,最好睁一眼闭一眼。既然打听不出什么所以然来,展翔夫妇也就不再追究了。于是,日子也选了,婚期也定了。

展翔发现家门口常有个流浪汉在晃来晃去,也是最近几天的事,除了觉得有些讨厌以外,展翔根本没有去留意他。

但是,这天……就是洁舲吓得生病的这天,展翔大约下午五点半钟回家,才下了车,就赫然发现那流浪汉站在车外面。手里拿着几张揉得皱皱的纸,用手指蘸了口水在翻阅着;展翔不禁愣了愣,因为那几张纸居然是洁舲专辑中的几页!看到这样一个形容猥琐、衣衫褴褛、面目可憎、酒臭冲天而又肮脏无比的糟老头,在看洁舲的照片,好像都是侮辱!尤其,那糟老头的眼中,还流露出一种猥亵的、暧昧的、垂涎欲滴的、色眯眯的神情来。展翔皱皱眉,心想,这就是出专辑的好处!任何下三烂都可以捧着照片流口水!

他绕过那流浪汉,想往家中走,展家也是住的大厦公寓,在敦化南路南星大厦十二楼上。他还没走出停车场,那流浪汉就拦了过来,口齿不清地咕哝着:"您老真福气,有电影明星当儿媳妇!"

展翔一怔,不禁对那流浪汉深深地看了两眼。再一想,这些大厦中的司机、管理人员、清洁公司……谁不知道洁舲和牧原的关系。别理他!展翔嫌恶地往旁边一闪,生怕衣角碰上了他,会洗都洗不干净。谁知,他才闪开,那家伙却如影随形地追上一步。

"十万元!"他低声说,"十万元我就什么都不说!到南部做做小生意去!十万元!"

展翔呆住了,再次去看那流浪汉。

"疯子!"他说,"走开!"

那流浪汉忽然抓住他的衣袖,"嘿嘿嘿"地笑了起来。

"我不疯。"他说,"你们展家是有名有姓的,你最好考虑考虑。豌豆花那丫头一毛不拔,你们展家可是大户人家,听说是做官的呢!"他摇着手里的照片,"我会等,我会等。"

"你等什么？展翔恼怒地扯出自己的袖角，好了，这套西装非要马上送出去洗不可。但是，那流浪汉的话中有话已引起他直觉的注意。"什么叫豌豆花？"

"这个！"他把照片在展翔面前一扬，"啊哈！小丫头改了姓，换了名，人还是长得那么风骚，我一眼就认出来了……"

展翔的注意力集中了，他的心脏猛地紧了紧，有股冷气直透心底。他很快地从口袋里掏出一沓百元大钞，他在那流浪汉眼前一扬："说！"他命令道，"你知道些什么？"

流浪汉眼睛一亮，伸手就去抓那沓钞票。

"说！"他退后了一步，停车场已有别的车子进来了，必须速战速决，"快说！给你一分钟！"

"去找十三年前的某某报！一月份的！她姓杨，我姓鲁！小丫头害我坐了三年半牢……"他在展翔发呆的片刻中，抢了那沓钞票，"嘿嘿嘿……"他倒退着走开，"我会再来的。十万元，我就到南部去，十万元，我就什么都不说……嘿嘿嘿……"

展翔呆了几秒钟，他没有回家。重新坐进车子，他直接驶往某某报大楼。

大约六点半钟，展翔回到家里，全家正在等他吃晚餐，但他已一点儿胃口都没有了。

"你们吃吧！"他还不想破坏齐忆君母子的晚餐，"我已经吃过了！你们快点吃，吃完了到我书房里来，我有事情想和你们谈谈。"

齐忆君看看展翔的脸色，多年夫妇，默契已经太深，她立刻知道有事发生了，也立刻知道展翔不可能在六时半就吃完晚餐，她简单明了地说："有事，现在就去谈！谈完大家再吃饭！"

"也可以，"展翔说，"如果谈完你们还有胃口吃饭的话！"

"别吓人！"齐忆君说，"你身体没有什么不舒服吧？别卖关子，我心脏不好，禁不起你吓……"

"不，不是我的事！"

"难道是我的事不成？"牧原笑嘻嘻地问。

"是，"展翔一本正经地说，"正是你的事！"

展牧原不笑了。他们一起走进了展翔的书房，展翔细心地把房门关好，不愿用人们听到谈话的内容。他的严肃使整个气氛都紧张起来，展牧原心头小鹿乱撞，心想大约学校把他解聘了，不过，即使解聘，也没这么严重呀！

"牧原，坐下！"展翔冷静地、柔声地命令着。

牧原呆呆地坐下了，呆呆地看着父亲。

"事情是有关洁舲的！"展翔说。

牧原整个人惊跳起来。

"哦哦，爸爸！"他紧张兮兮地说，"如果有人说了洁舲什么坏话，我宁愿不听！我知道世界上就有无数的人，看不得别人幸福快乐……""牧原！"展翔阻止了他。从公事包里拿出一个档案夹。"你们先看一段旧的剪报好吗？我刚刚从报社影印回来！看完再说话！"牧原和齐忆君挤着一起看过去：那是则并不太大的社会新闻，标题是这样的：继父连续强暴继女成孕，虐待殴打并烧灼成伤，经地院侦查证据确实，鲁森尧判刑三年半。新闻内容报道得十分详细，从豌豆花怎样浑身着火逃出木屋，被某医院医生秦非所救，怎样发现豌豆花已怀孕四个多月，怎样报警追查鲁森尧，并缉捕归案，直到宣判为止。报道中并强调豌豆花只有十二岁，因伤痕累累引起医院公愤，而且豌豆花获知怀孕后，几乎疯狂，正接受该院精神治疗云云。这新闻下面，还附了张豌豆花在法院作证的照片，因年代已久而非常模糊。短短的头发，憔悴的面颊，愤怒的眼神。可是，那清秀美丽的面庞，仍然能看出就是今日的何洁舲。"老天！"齐忆君倒进了沙发深处，动也不能动了。展牧原呆住了。他把那新闻看了一遍，再看一遍，再看一遍。好像不相信那白纸黑字，也不相信那张照片似的。他的脸色随着他的阅读时间而越来越白，越来越白，终至惨无人色。"好了！"展翔重重地咳了一声，"这就是谜底。"他盯着儿子，"牧原，你必须冷静下来，现在，摆在你面前的是一件事实，你必须面对的事实。再有，我今天见到了那个继父，他居然以这个新闻向我敲诈十万元！""什么？"齐忆君从沙发深处又直跳起来："那个人居然还在吗？""在。不但在，就在我们楼下停车场。最近好多天我都看到他，晃来晃去，嘴里念念有词。又脏又老又丑又秃……样子恶心极了……""哦！"牧原终于抬起头来了，"一个酒鬼吗？"他沉声问，声音沙哑，"一个秃头、烂眼眶、全身臭味的酒鬼吗？""是。"展翔注视着牧原，"你也见过他了，那么，显然我们是被他盯上了。他居然向我敲诈十万元！我这一生，还没被人敲诈过！"展牧原靠近了沙发中，骤然全身冰冷。是了,这就是为什么洁舲吓得生病的原因了!这就是第一次发现酒鬼时洁舲就浑身发抖的原因了!这也是为什么秦非刚刚还特地打电话问他酒鬼的原因了!是的,一切真相大白,他那纤尘不染、至洁冰清的"天堂"原来是这样的!原来和那酒鬼……他忽然站起身来,冲进浴室去,和洁舲一样,他开始大吐特吐,不能控制地吐光了胃中的食物。"牧原!"齐忆君喊。"妈,"牧原从浴室歪歪倒倒地走出来,"我想要杯酒。""你……行吗?"齐忆君担心地问,"空肚子再喝酒,当心更要吐。""给他一杯酒!展翔说,"我也需要一杯!"齐忆君干脆拿了一瓶酒来。他们父子,各倒了一杯酒,坐在那沙发中默默发呆。齐忆君也没了声音,这"新闻"把她也震住了。好久好久,他们三个就这样面面相觑,各人想各人的,每个人的脸色都苍白而凝重。最后,还是展翔打破了沉寂。"牧原,"他深呼吸了一下,"你知道我们不是保守派的父母,我们也不是不懂感情的父母。关于洁舲的身世,我们也有过最坏的揣测。但是,一个弃婴和一个孕妇毕竟相差很远。我早说过,谜的背后,一定有残忍的故事,这故事对洁舲来说是残忍,对我们家来说更残忍。我一生做事清白,夜半不怕鬼敲门!现在,我怕了,洁舲身后,隐藏着多少不散的阴魂,你知道吗?现在,是那个不堪入目的酒鬼,以后呢?别忘了,她应该还有个孩子,一个已经十三岁的孩子……"

"爸!"牧原喊,把酒杯放在桌上,双手撑着额头,"请你不要说了!"

"我不能不说!"展翔固执而坚决,"你要听完我的看法!

我同情洁舲身世堪怜，但，怜悯是一回事，娶来做儿媳妇是另一回事，因为娶她而被敲诈，甚至闹成社会新闻……不，牧原，这件事太不公平！我不能接受！而你呢？牧原，这事对你也太不公平！知子莫若父，你的一切，我都太清楚，你是个完美主义者，你不只要求别人完美，你也洁身自好。我相信，你至今还是个童子之身！洁舲是被强暴也罢，不是被强暴也罢，事实总归是事实，她非但不是处女，而且生过孩子或堕过胎，这又是个谜。我相信，洁舲那么会保密，当然不会告诉你孩子的下落，可是，有一天，这些阴魂全会出现！婚姻是终身的事，你如果仍然要娶这个谜，我恐怕……"

"不要说了！"齐忆君喊，"你何不让他自己去想想清楚！"

"我只怕他想不清楚，"展翔说，"洁舲一直那么冷静，那么自然，那么飘逸，那么纯真……谁会相信她有这样一个故事！如果这酒鬼不出现，我们永远会被蒙在鼓里！一本唐诗？一个惊喜？嗯？她倒真是个意外！一个意外中的意外！她吓住了我！牧原，说真的，她吓住了我！"

牧原呆愣着，他又倒了杯酒。

室内再度陷入沉静，大家又都各想着心事，那张报纸，依然触目惊心地躺在桌上。就在这时，电话铃蓦然响了起来，展翔拿起听筒，是洁舲的电话来了。

展翔蒙住听筒，看着牧原。

"是她！你预备怎样？"

牧原一仰头喝尽了杯里的酒。他走过去，接过了听筒，电话里，传来洁舲的声音："牧原，是你吗？"

"是。"他短促地回答。

"我想和你谈谈，"洁舲的声音依然清脆悦耳，"我现在就到你家来，好吗？"

他看了看父母。

"好！"他终于说，"要我来接你吗？"

"不需要，我自己来！"

"好吧！"

挂断了电话。展翔夫妇看着牧原。

"她马上过来！"牧原说。

"好，"展翔说，"我们退开，把书房让给你用！这是你终身的事情，你自己做决定。"

齐忆君把手放在儿子肩上，紧紧地一握，只低声说了一句话："好自为之！你一直是个有思想有深度，值得父母骄傲的好儿子！"

他们退出了书房，把房间留给了牧原。

二十分钟后，洁舲已赶到了展家，是秦非开车送她来的，到了南星大厦门口，秦非说了句："祝福你，洁舲。"

"我不需要祝福，"洁舲说，"我需要祷告。"

"好，"秦非正色点头，"我会为你祷告！进去吧！不论谈到多晚，我和宝鹃都不会睡，我们会在客厅中等你！"他看了她一会儿，"不要太激动，嗯？"

洁舲点点头，紧握了一下秦非的手，进去了。

她立刻被带进了展翔的书房，用人送上了一杯热茶就退出去了，室内静悄悄的。桌上，那张剪报已被牧原收了起

217

来，酒瓶仍然放在那儿，牧原一杯在手，脸色相当苍白，眼光直直地看着她。洁舲立刻敏感到有些不对劲，她坐定了，狐疑地看着牧原，心脏像捶鼓似的敲击着胸腔。为什么他脸色怪怪的？为什么他眼光阴沉沉的？为什么他不说话而一直喝酒？

难道他已经预感到她要告诉他的事吗？

"牧原。"她润着嘴唇，喝了口热茶，虽然带着满腔的勇气而来，此时仍然觉得怯怯的。他的神情怎么那么陌生呢？他怎么那样安静呢？她再看看他，低声问："你怎样了？不舒服吗？"

"今天大家都不舒服！"展牧原的声音，涩涩的，"你下午就不舒服了，我也不舒服！我父母都不舒服？"

"哦？"她怔怔地、不解地瞅着他，"怎么呢？怎么全家不舒服？吃坏东西了吗？""可能撞着了鬼！"展牧原说，又喝了一口酒。

洁舲坐到他身边的位子上去，仔细地伸头看他。

"你为什么一直喝酒？"

"壮胆！"他简单地说。

"哦？"她有些晕头转向起来。怎么回事呢？他怎么变得这样奇怪？这种情况怎么谈话呢？难道他已经醉了？她伸出手去，抚摸他的手，低喊了一声："牧原！"

他慌不迭地闪开她的手，好像她手上有细菌似的。

"坐好！"他说，"坐好了谈话！"

她困惑至极，瑟缩地退回到沙发深处去。然后，她低叹了一声,不管他是醉了还是病了,她总是逃不掉那番坦白,逃不掉那番招供。她开了口:"牧原,我有事情要告诉你!"

"我也有事情要告诉你!"他闷闷地说。

"哦?"她神思恍惚地看着他,"那么,你先说。"

他给自己再倒了一杯酒。她愣愣地看着他,看着那酒瓶,看着那酒杯,再看向他的脸。他眼神阴鸷,眉峰深锁,脸上堆积着厚而重的阴霾。空气中,有某种她完全不熟悉的、风暴来临前的气息。她几乎可以感到那风暴正袭向她,扑向她,卷向她,而且要吞噬她。

"我要告诉你……"他的声音平平的,直直的,死死的。

"没有婚礼了,洁舲,没有婚礼了!"

她脑子里轰然一响,像有个雷在身体里炸开,全身都粉碎着爆裂到四面八方去。但她的意识依然清醒,她努力挺直背脊,眼光怔怔地、迷惑地、带着怯意地盯着他。她的声音像来自深谷的回音:"为什么呢?我……做错了什么吗?"

他一语不发,站起身来,他走到书桌前面,打开书桌的抽屉,他取出了那个档案夹。然后,他把那剪报摊平在桌面上,一直推到她面前去。

她低头看着剪报,脸上的血色顿时褪得干干净净。她并没有很快抬起头来,她注视着那张报纸,除了苍白以外,她似乎没有什么反应。好半天,她才低语了一句:"我不知道报上登过,秦非他们把报纸藏掉了。"

"哦!"他顿时暴怒了起来,他拍了一下桌子,发出"嘭"的一声巨响,他的头向她凑近,他大声地、恼怒地、悲愤地喊了出来,"你不知道报上登过,就算这件事根本没发生过,是不是?就算你生命里根本没有过,是不是?你预备欺骗到什么时候?隐瞒到什么时候……"

"我警告过你的,"她抬起头来,看着他,被他的凶恶和暴怒吓住了,"我说过我……没有资格恋爱的,我一直要……逃开你的,我一直要……和你分手的,我说过我的故事很……很残忍的……"

"你说过!你说过!你说过!"他拍着桌子,逼视她,"你到底说过些什么?你是弃婴?还是弃妇?你说过!你说过!你说你有个未婚夫,结果是有个私生子!你怎么敢对我说你说过?你怎么敢这样欺骗我,玩弄我?"

她从座位里跳了起来,身子往后倒退,直退到门边。

"我今晚就是要来告诉你的……"

"呵!"他怪叫,"你今晚要告诉我的!可惜你晚了一步!可惜我都知道了!那个停车场的酒鬼!你……你……"他转开身子去悲愤地对着窗外的天空喊,"你是多么玉洁冰清,纤尘不染呵!你是透明的天堂!水晶般的天堂,不杂一丝污点的天堂……"

她望着他,呼吸急促了起来,胸前像有一千斤重的石头压着,但她仍然思想清晰:"你生气,并不因为我告诉你晚了一步,"她幽幽地说,"而是因为这件事实!因为我破坏了你心里的完美!因为我有污点,我不纯洁,我失身过,怀孕过……你受不了的,并非我的欺骗,而是这件事实!是吗?你一直要一个玉洁冰清的女孩,结果你要到了一堆破铜烂铁……哈哈!"她忽然笑了起来,凄楚地笑了起来,她的眼眶干干的,声音苦涩、苍凉,而绝望至极,"是吗?牧原?"她逼问着,"是吗?你被这事实吓坏了!我和那样一个酒鬼生过孩子!你没料到玉洁冰清的何洁舲,原来是早被侮辱过的豌豆花!是吗?你从不会要一个豌豆花的!是不是?如果你早知道我是豌豆花,你早就不要我了!是吗?是吗?是吗?……"

"是!是!是!"他冲向她,眼珠红了,酒和悲愤把他完全占据了,他对她的脸大吼,"你怎能在我眼前扮演清高!你怎能让我对你如此崇拜!你怎能用唐诗用宋词用天真来伪装你自己……"

"牧原!"她打断了他,清晰地一字一字地说,"事实上我没有引你入歧途!是你自己走入歧途!不过,没关系了,是不是?什么关系都没有了,是不是?不必对我吼叫!反正没有婚礼了,反正真相及时挽救了你!反正你并没有被我污染!反正你并没有被我羞辱!反正你依然完美!反正我还没有弄脏你!牧原……"她盯着他,对他缓缓地点着头,语气深刻,"我祝福你!祝你……找到一个真正配得上你的,真正玉洁冰清的女孩!希望在这混沌的世界上还能有你所谓的玉洁冰清!"她一口气说完,然后,她再也不看他,甩了甩长发,她毅然地掉转身子,打开房门,就向外面直冲了出去。

她没有乘电梯,冲下十二层楼,她冲到大街上去了。然后,她没有叫车,也没有回家,她开始在街上盲目地乱逛。她走着,走着,走着……意识依然清明,思想依然清晰,神志依然清楚。她一直走着……只是想耗尽自己的体力,平静下自己那沸腾的情绪,和遏制住自己那刻骨铭心的疼痛。是的,疼痛,她觉得她浑身每根神经都在疼痛,这些疼痛,从四肢百骸向心脏集中,如同小川之汇于大海,最后,那心脏就绞扭着痛成了一团。

终于,她走回了新仁大厦。

她打开房门进去的时候,已经是凌晨两点多钟了。

秦非和宝鹃仍然在客厅中等着她。因为她迟迟未归,两人都觉得是种好的预兆,只要谈得久,就证明没有僵。他们并没打电话到展家去问,也没猜到洁舲会在街上游荡。他们等得越久,信心就越强。在这种信心中,宝鹃撑不住,就躺在客厅的沙发中睡着了。秦非仍然坐在那儿等着洁舲。

洁舲站在那儿,眼睛直直地看着他们,他们呆住了,什么话都不必多问了,洁舲的脸色,已经把一切都说得清清楚楚了。

她笔直地向他们走来。秦非坐在沙发中,浑身僵硬得像块石头,他机械地熄灭了手中的烟蒂。宝鹃下意识地往秦非身边靠拢,感觉得到秦非的身子在发抖。

洁舲在他们夫妇二人面前站住了。她默立了两分钟,眼中依然是干干的,脸色惨白,而毫无表情。她就这样默默地瞅着他们,然后,她对着他们跪了下来,她的身子缓缓地向下扑,扑倒在他们两人怀中,她的双手,一只伸向了宝鹃,一只伸向了秦非。

秦非的双膝猛烈地颤抖起来,他伸手摸索着她的头发、她的颈项、她的面颊,他的手指也颤抖着。

宝鹃惊悸地看着洁舲那弓起的背脊，张着嘴，她想说话，却无法出声。
　　泪水突然像打开了的闸门，一下子就涌出了洁舲的眼眶，迅速地泛滥开来，濡湿了秦非和宝鹃的衣服。

第二十章

这是漫长的一日。

秦非给洁舲注射了一针镇静剂,让她睡觉。宝鹃决定请一天假守着她,而秦非,他仍然必须赶到医院去,这天早上一连四小时,他是某医院的特约医师,有许多他固定的病人,专门来挂他的号,他不能请假。

这天对牧原来说,也不是好过的。他正好一天都没课,他就把自己关在书房里,父母敲门他也不理。展翔夫妇昨晚早已听到牧原的吼叫,知道婚事已经吹了,对他们而言,这就是一块石头落了地,总算是免掉一场"家门之辱"。至于牧原不想见人,这也是人情之常,所有受了伤的动物,都会藏起来去独自养伤。牧原在养伤,展翔夫妇也不打扰他,只是不断为他送进去一些果汁、三明治、西点和咖啡。他也会坐下来,喝掉咖啡,吃点东西。但是,大部分的时间,他只是在房间里走来走去。

在经过一夜的"痛楚"之后，牧原思想已经逐渐清晰，没有昨夜那样混乱、震惊和愤怒了。他开始回忆和洁舲认识的一点一滴，植物园、历史博物馆、看电影、梦园咖啡厅……

越想就越有种心痛的感觉，再细细追忆，洁舲爱他，似乎一直爱得好苦，多少次欲言又止，多少次决定分手，多少次对他一再强调自己并不美好……他想起洁舲昨晚的话："我没有引你入歧途，是你自己走入歧途！"

他又想起洁舲另外的话："你从不会要一个豌豆花的！是不是？如果你早知道我是豌豆花，你早就不要我了！"

他停止踱步，坐进沙发里，灌了自己一杯浓浓的咖啡，拼命维持自己思想的清晰。豌豆花、洁舲，他把这两个完全不同的人物，像拼积木似的硬拼在一起。洁舲就是豌豆花，如果自己一上来就知道谜底，真的还会追她吗？他自问着。不。

他找到了答案，他不会。他会把她当个"故事"来看。他不会去追一个"故事"来做"妻子"！洁舲对了，他受不了的是这份真实！洁舲对了！他是个"完美"主义者，他受不了不完美，不论造成这不完美的原因是什么。打碎了的碗就是碎了，不管是怎么打碎的，碎了就是碎了！洁舲知道他不要碎了的碗，所以她几度欲言又止。他思索着，喝着咖啡，奇怪，洁舲怎能那样了解他呢？是的，他生气，并不是她说晚了！他只是受不了这件事实！

他吸着气，过去了，一段轰轰烈烈的恋爱，就这样过去了！就这样结束了。但是，他怎么仍然会心痛呢？想到洁舲（一只打碎的碗）他怎么仍然心痛呢？想到她在梧桐树下背唐诗，想到她在历史博物馆里谈"大江东去"……她真会"装模作样"啊。不！他心痛地代她辩解着，她从来没装模作样过，从没有！她所流露的一直是她自己……洁舲，一条洁白的小船。

他的头越来越昏了，一夜没睡，又是酒又是咖啡，他的胃在痉挛。他努力要想一些洁舲可恶的地方，她阴险，她卑鄙，她欺骗，她玩弄他……不。他又代她辩解着，她并不是这样的！她真的曾经想逃开他，她真的挣扎着告诉他，她并不是他幻想中的她，她真的警告过他。她说过：不要让我那个"谜"来"玷污"了你！她用过最重的字"玷污"，是自己拒绝去听的，是自己死缠住她的……

天哪！这种矛盾而痛楚的思想折磨得他快发疯了。而在这些混乱的思绪中，洁舲昨夜临走时那张绝望而悲愤至极的面庞仍然在他眼前扩大……扩大……扩大……终于，扩大得整个房间里都是那张脸……绝望而美丽！

他累极了，中午的时候，他歪在沙发上，恍恍惚惚地睡着了片刻。然后，他被一阵混乱的声音惊醒，听到客厅里传来了秦非的咆哮声："叫他出来见我！我不管他睡着没有！叫他出来见我！否则我一重重房门闯进去……"

"你要我报警吗？"展翔在恼怒地喊，原来，父亲今天也没上班。

"请便！"秦非的语气激烈而干脆，"你报了警，我还是要见你家那圣人！那个完人！那个始乱而终弃的混蛋！"

"你说他始乱而终弃吗？"展翔大怒，"你有没有用错了成语！"

"展先生，您饱读诗书，受过中外教育，你认为乱字指的仅仅是肉体吗？你不知道精神上的乱比肉体上的更可怕吗？你以为展牧原的行为高尚吗？我告诉你！他并不比鲁森尧高尚多少……"

"你……给我滚出去！"展翔大吼。

牧原跳了起来，打开房门，他直冲到客厅里去。然后，他一眼看到秦非正涨红了脸，双目炯炯地冒着火，在那儿喊叫着，而父母都气得快发晕了，用人司机们全在伸头伸脑地看着，议论纷纷。他立刻冲向了秦非，拦住了父母，他说："秦非，你要找我，你就冲着我来，别打扰我父母！我的事和我父母无关！"

"好！"秦非瞪着他，眼睛都红了。然后，他走近他身边，在大家都没料到的情况下，迅雷不及掩耳般地对他下巴就挥了一拳。牧原被这意外的一拳打得直摔出去，撞倒了茶几，摔碎了花瓶，满屋子"乒乒乓乓"的碎裂声，齐忆君开始尖叫："老赵！老赵！去报警！"

展翔也在叫："老赵！老赵！上去打电话！"

牧原从地上爬了起来，大吼了一声："别动！都别动！"他用手背擦掉了唇边的血迹，瞪视着秦非，"你来的目的，你想和我打架吗？我告诉你，你并不一定打得过我……"

"我知道！"秦非说，紧紧地盯着他！"我不想来跟你打架！我只想打你！打你这个无情无义，不懂感情，不懂完美，不配和洁舲谈恋爱的混蛋！这次，算我和宝鹃、洁舲大家联

227

合大走眼，我们高估了你！甚至，高估了你的家庭，高估了你的父母！你们以为洁舲配不上你们这个家庭吗？你们以为她的过去会玷污了你们吗？错了！你们都错了……"

"不管错不错，是我们家的事……"展翔打断他。

"爸！"牧原阻止了父亲，"你让他说！"他盯着秦非，"你认为她不会玷污我们家，你为什么不把真相告诉我？"他质问着，"你是最知道底细的，你为什么不敢把真相说出来！"

"因为……洁舲爱你！混球！"秦非怒吼，"现在，就是真相揭穿的结果！早一步迟一步都是一样！展牧原，你难道不知道洁舲为了爱你，要忍受多少内心的煎熬吗？你不知道她爱得多矛盾多痛苦吗？你不知道在你出现之前，她反而过得平静幸福吗？是的，她有个不堪回首的童年，但是，她有什么错？"他又激动起来，声音高亢而悲愤，"她从出生的那一刻开始，不能选择父母，不能选择命运，不能选择生活！她被继父强暴虐待，遍体鳞伤，也是她的错吗？如果她能避免，她会愿意自己陷入那种悲惨的情况中吗？你们不知道，一个仅仅只有十二岁的女孩，头发被烧焦，浑身衣服着了火，怀着四个半月的孕，连自己最心爱的一只狗都被打死了……这样的一个女孩，飞奔在街道上，寻求这世界上最后的温暖……不，你们永远不能想象那场面，你们永远不会对这样一个孩子伸以援手，因为你们怕她身上的火焰烧到你们身上，怕她那血污的手弄脏了你们的洁白……因为她那时就是个谜。你们不会让任何残忍的谜来破坏你们家庭的和谐。所以，很多人都是自管门前雪，不去扫他人瓦上霜的！那个女孩，一生都在无助中，一生都在悲惨中，是她的错吗？是她的错吗？"

他越说越激动，他逼视着展牧原，又逼视向展翔夫妇。"那个孩子，当她在医院里醒来，你们知道她说的第一句话是什么吗？天堂！她说天堂！她看到白色的墙和白色的被单，就以为自己进入了天堂，因为那对她来说是太美好了！哼！"他咬咬牙，声音降低了一些，"连这个天堂都不是她自己选择的，我把她放进去的！展牧原！"他沉痛地说了下去，"假若我那时预知她会碰到你，会面临她更悲惨的人性，我当时就不该救她，就该让她活活烧死！那时烧死比现在让你来杀死她还仁慈一百倍！只是我无法预测未来！我们全医院，何老院长，都不能预测未来，所以我们救了她！你们不知道，当我们必须告诉她，她已怀孕时，她疯狂般地咬自己，打自己，尖叫着说：死了吧！死了吧！死了吧！她那么自卑，她认为自己跳进太平洋，也洗不干净了。我们再一次救了她，请心理医生治疗她，告了鲁森尧，把鲁森尧送进监狱，说服她生命仍然有意义。然后，等她生产后，把她那个婴儿交给家协送走了。她，才十二岁，终于摆脱了鲁森尧的魔掌，摆脱了噩梦一般的过去。请问你们各位，请问你，高贵的展牧原先生，"他不吼叫了，他的声音沉痛而悲切，"她有权利活下去吗？她有权利再开始一段新的人生吗？"

展牧原呆了，展翔夫妇也呆了。室内安静了两秒钟。

"好，"秦非继续说，"何老院长说，给她一个全新的名字，让豌豆花从此成为过去。我为她取名洁舲，因为她那么热爱白色，因为她的本质……展牧原，你该了解她的本质，如果你爱过她！她的本质就是洁白的，像一条洁白的小船。这样，豌豆花死了，何洁舲重生！连这次重生，也不是她自己选择的，是我们帮她决定的！可怜的洁舲！如果我早能预测她会遇上你这位高贵的展公子，她还是不要重生比较好！她进入中学，所有的才气完全展开！她爱书本，爱唐诗，爱文学，爱艺术……她从没有装假，她就是这样一个天生带着几分诗意的女孩！从中学到大学，你们知道有多少男孩子在追求她吗？你们知道医院里的小钟明知她的过去，依旧爱得她要死吗？可是，她摆脱了所有追求者，直到她苦命，去看什么书法展，而遇到了你！展牧原，当初，也不是她选择了你！而是你选择了她！你知道你带给她多少痛苦和困扰吗？你知道她根本不敢爱你吗？你知道她就怕有今天这一天发生吗？结果，你痴缠不休，我和宝鹃推波助澜，我们再一次把洁舲打入地狱！展公子，展先生，展夫人，"他有力地说，"我知道你们一家高贵，也知道你们一家正直，我知道你们一家都了不起，所以，才放心地把洁舲交到你们手里。是的，洁舲就是豌豆花，是的，洁舲已非完璧，是的，洁舲有段不堪回首的童年……这些，就让你们把洁舲所有的优点，所有的本质，都一笔抹杀了吗？展牧原，"他逼视着牧原，语气铿锵，几乎是掷地有声地，"你责备我们不说出真相，你知道，人性是什么吗？人性是自私的，是只会自己想，不会为别人想的！当初，洁舲就要告诉你，是我和宝鹃阻止了她，劝她不要和人性打赌！我们知道她会输！好，昨晚发生了些什么，我并不完全知道，我只知道洁舲果然输了！昨晚，也是我们支持她来坦白的，结果，她输了……"

"不！"展牧原直到此时才插口，"是我们先发现了真相！那酒鬼向我们敲诈十万元，洁舲来的时候，我们已经什么都知道了！"

"哦！原来如此！"秦非重重地点着头，狠狠地看着展牧原，"你知道鲁森尧这个混蛋为何会现形吗？都是你！你去出版什么摄影专辑！你虚荣，你卖弄！你认为你的摄影好，你巴不得全天下知道你有个像洁舲那么漂亮的女朋友！你要表现，你要出风头！事实上，鲁森尧随时可以打听出洁舲的下落，因为当初打官司，我和院长统统出席作证，他知道洁舲在我们手上。只要到医院里，打听我的地址，就可轻易地找到洁舲。但，这些年来，他并没有来烦我们，洁舲已经摆脱开他的纠缠了。因为，他知道，纠缠我们对他没有好处，说不定再把他送进监牢，他不敢再出现！直到你自作聪明去出版了一本摄影专辑，那个疯子无意间看到了，他的知识水准那么低，又有些酒鬼朋友怂恿，以为洁舲是大明星了，有钱了！他利欲熏心之下，就跑来敲诈了！等到发现洁舲有你这样一位男朋友，你们展家的声望地位，又诱惑他来向你们下手！那是个标准的坏蛋，又黑心，又下流，又无耻，又无知的混蛋，不过，他是被你那本摄影专辑引出来的！"

"可是，"展牧原愤愤地说，"他本来就存在，对不对？我出版不出版摄影专辑，他都存在，对不对？即使他不出现，难道洁舲生命中就没有这一段了？难道只要能隐瞒一辈子，就算这事没有发生过？秦非，你公正一点，世界上没有永久的秘密,这秘密迟早会被拆穿的!"

"是!"秦非说,"秘密迟早会被拆穿的!我们现在也不必去研究秘密如何被拆穿的问题!反正,秘密是被拆穿了!反正,你们知道整个来龙去脉和所有的事实了!"他盯着展牧原,"瞧!这就是人性!你们知道了秘密,立刻想你们被骗了,立刻想你们上当了,立刻想你们被玷污了……你们有任何一个人为洁舲设身处地地想过一下吗?你有吗?展牧原,你这个口口声声说为她,可以为她活为她死的人,你为她的立场想过一丝丝吗?你!怎能爱一个人而不为她想,只为你自己想,你才是个伪君子……"

展牧原挺直了背脊,紧盯着秦非,他重重地吸了口气,眼睛瞪得好大好大,他哑着声音说:"秦非,原来你在爱她!"

"是的,展牧原,我在爱她!"他直截了当地说,"我一直在爱她!当她满头冒烟向我奔来,当她和自己的厄运奋斗挣扎,当她坚决终身蒙羞也要出庭告鲁森尧……你们必须了解,当初也可以不告的,很多被强暴的女孩为了名誉忍气吞声。要出庭作证是需要勇气的!如果当初不告,可能今天你们也不至于这样轻视她了。"他顿了顿,"是的,当她拼命念书,当她带着珊珊和中中唱儿歌,当她终于建立起自我,又会笑又会爱又会体贴周围每个人的时候,我爱她!我完全不否认我爱她!"他凝视展牧原,"或者,我也该爱得自私一点,只要我告诉她我爱她,你就不见得能闯进来了!"

"那么,"展牧原拼命要拉回一些自我的尊严,"你为什么不爱得自私一点!你才是伪君子!你甚至不敢面对你自己的爱情!"

"你总算说了人话!"秦非冷冷地说道,"不错,我也是伪君子,另一种伪君子。爱情的本身,原就包括自私和占有,毕竟,我不是《双城记》里的男主角!但是,我如果占有了洁舲,对宝鹃是不忠,对洁舲是不义。我也爱宝鹃,很深很深地爱宝鹃。洁舲,是我救下来的女孩,我可以在心里爱她,不能去占有她,那太卑鄙了!何况,我又误以为,你比我更爱她!哼!"

他冷笑一声:"是的,我不否认,我也有虚伪的地方!主要的是,我认为她爱你,她确实爱你,这才是最重要的!而你……又能给她幸福!结果,我高估了你!展牧原!我高估了你!"

"你还来得及告诉她!"牧原僵硬地说。

"你要我这么做吗?"秦非问,他平静了下来,他的语气变得非常非常平静了,"在我和你谈了这么久以后,你仍然要我这么做吗?很好!就这么办吧!"他转过身子,大踏步地向门口走去,同时,抛下了一句,"再见!"

展牧原不由自主地向前追了两步,急促地喊:"秦非!"

秦非站住了,慢慢地回过头来,深刻地注视着展牧原。牧原的脸色很白很白,秦非的脸色也很白很白,两个男人对视着,室内的气氛是紧张的。展翔夫妇呆怔着,有呼吸不过来的感觉。时间仿佛过去了一世纪那么长久,展牧原才开了口,从内心深处挖出一句话来:"你爱得深刻,我爱得肤浅!"

秦非摇了摇头。

"你错了。你爱得自私,我爱得懦弱!"他抬头看看窗外的天空,"你顾虑名誉,苛求完美!我顾虑家庭,苛求面面俱到!洁舲,怎样都会变成牺牲品!好,我走了!"他继续向门口走去。

展牧原又急追了两步,叫着说:"你去哪里?"

"我?"秦非头也不回地说,"遵照你的吩咐,去告诉洁舲,我爱她!"

展牧原冲口而出:"秦非,你敢!"

秦非迅速地掉过头来,激烈地说:"我为什么不敢?我可以告诉洁舲,也可以告诉宝鹃,我最起码可以做到坦白和真实。至于道德礼教那一套,滚他的蛋!我可以爱她们两个!说不定,我也会被她们两个所爱……"

"你会被她们两个乱剑刺死!"牧原喊。

"我被乱剑刺死,又关你什么事?"秦非说,"我绝不相信,你会爱惜起我的生命来了。"

展牧原重重地吸一口气,好像快要窒息一般,他瞪视着秦非,张着嘴,终于用力喊了出来:"你被乱剑刺死,是你的事!你招惹洁舲,就是我的事了!"

他回头看着父母,眼睛里闪着亮幽幽的光芒,他的声音痛楚而坚决:"爸爸,妈妈,对不起。如果你们认为洁舲使家门蒙羞,仍然比死掉一个儿子好,是不是?"说完,他冲过去拉住了秦非的手腕:"要走一起走!你不许招惹洁舲,她毕竟是……我的未婚妻!"

秦非昂着头,展牧原也昂着头,他们一起昂起头,扬长而去。

展翔夫妇,从头至尾都愣在那儿,愣得说不出任何话来。

第二十一章

当秦非和展牧原赶回家里的时候,正是家中乱成一团的时候。宝鹃一看到秦非,就扑奔了过来,用紧张得出汗的手,一把抓住秦非说:"秦非,洁舲不见了!"秦非的心脏蓦然"咚"地狂跳了下,就从胸腔中一直往下坠,往下坠,似乎坠到了一个无底无边的深渊里。他回头看牧原,后者脸色如死般灰白,眼里流露着极端的恐惧与焦灼。

"不忙,"秦非勉强镇定着自己,"你说她不见了,是什么意思?不见多久了?"

"大概一小时以前,我看她睡得很好,珊珊放学说要运动裤,我带珊珊去青年商店,买了条运动裤回来,前后只有二十分钟,但是洁舲已经不见了!"

"她……她……"牧原声音带着震颤,"会不会去买什么东西?会不会饿了?会不会只到街角走走,马上就会回来?"

"有谁看到她出去吗?"秦非紧张地问。

"是，中中看到了。"宝鹃忽然眼底充满了泪水，她咽声说，"你最好问问中中，我觉得……我觉得……有些不对劲。"

中中被叫到客厅里来了，张嫂也来了，所有的大人都围着个小中中。中中却眉飞色舞，若无其事地说："洁舲阿姨去找展叔叔了！"

牧原蹲下了身子，握住中中的胳膊。

"没有！"他嚷着，"中中，你看，我在这儿，洁舲阿姨没有去找我，她有没有告诉你去哪里？"

中中看着牧原，闪了闪眼睛。

"奇怪，"他说，"如果她不是去找你，为什么穿得那么漂亮呢？"

"中中，"秦非迫切地盯着他，"她穿了件什么衣服？快说。"

"白颜色的。"

"要命！"秦非喊，"洁舲阿姨十件衣服有八件是白色的，你说漂亮是什么意思？"

"那衣服上有好多花边呀，裙子上也有花边呀……"

"听我说！"宝鹃插嘴，"是拍照穿的那件，拍洁舲那张照片穿的那件！我刚刚去检查过她的衣橱，确定是那件！你们看，现在是下午两点，她下午一点钟出去，如果只到街头走走，为什么要穿上自己最心爱又最正式的衣裳？她平常都穿件白衬衫白牛仔裤出去，那件衣裳，长裙拖地，只有赴宴会才用得着。"

"或者拍照片！"牧原说，"她会去拍照吗？"

"你不要傻了！"秦非对他吼，"她拍照干什么？再出版一本专辑吗？"

"中中，"宝鹃又抓住了中中，"洁舲阿姨出去的时候，有没有说什么？"

"有啊！"中中感染到空气中的紧张，他也不笑了，"我要洁舲阿姨带我一起出去，她说：中中，这次不能带你了！我说要她带玩具回来给我。她想了想说，我会带一朵火花回来给你！"

"什么？"牧原问，"火花？"

"是啊！"中中挑着眉，"上次菜市场不是也有人在卖吗？一根棍子，上面会嘶嘶嘶地响，一直冒着火花，有蓝的、红的、绿的……好漂亮啊！我要张嫂买给我，张嫂就是不肯。"

"是手里拿的焰火啦！"张嫂说，"不过，我不懂大家为什么那么着急啊，洁舲小姐睡醒了出去走走是常有的事呀！散散步就会回来！穿件漂亮衣服也是很平常的事呀，洁舲小姐穿什么反正都漂亮！"

"宝鹃，"秦非说，"你检查过她的房间吗？有没有留条什么的！"

"没看到！"宝鹃说，"不过，不妨再检查一遍！"

秦非奔进洁舲的房间，房间整整齐齐，连床都铺好了。他在枕头底下、床单下面看了一遍，什么都没有。冲到书桌前，他看着书桌，干干净净的，拉开抽屉，笔墨、稿纸、小说大纲……也都整齐地放着……看不出丝毫零乱。是的，可能只是大惊小怪，可能她出去散散步，可能她在下一分钟就会走进家门……他想着，看到牧原一脸憔悴、焦灼、懊恼与悔恨,他反而不忍起来:"别急,牧原,或者她真的去你家了,或者她不服气想再找你谈谈清楚……"他咬咬牙,洁舲太傲了,这可能性实在不很大。但,牧原已经整个脸都发起亮来。他拍着膝盖说:"对呀!怎么那么傻!"

他冲到电话机旁边,立刻拨回家,才问了两句,就颓然地挂断了电话,说:"没有。她没有去过!"

秦非徒劳地瞪着室内的一件一物,他的目光停留在一本小说上,他曾和洁舲讨论过的小说……芥川龙之介。打开来,他立刻看到洁舲用红笔细心勾画出来的几句:"架空线依然散发出来锐利的火花。他环顾人生,没有什么所欲获得的东西,唯有这紫色的火花……唯有这凄厉的空中火花,就是拿生命交换,他也想把它抓住!"

秦非"嘭"的一声把书合拢,脸色惨白。是了,火花。她所谓的火花。她要以生命交换的火花,那一刹那的美!对她而言,这一刹那的美已经得到又失去了,以后的生命不会再美了。这一瞬间,他想起了洁舲和他谈过的所有的话:"生时丽似夏花,死时美如秋叶""生而何欢,死而何惧",他再从书架上取出三岛由纪夫的全集,一本本翻过去,有一页稿飘了下来,上面是洁舲的手抄稿,但是她改动了几个字:

  精神被轻视,肉体被侮蔑。欢乐易逝去,喜悦变了质,淫荡非我愿,纯洁何所觅?易感的心早已磨钝,而诗意的风采也将消失。

这首诗的后面,她还另外写了一首小诗:

当美丽不再美丽,当诗意不再诗意,
当幸福已像火花般闪过,当未来只剩下丑陋空虚,
那就只有……安详地沉沉睡去。
切莫为生命的终去而叹息,更无须为死亡而悲泣,
生命的无奈是深沉的悲剧,让一切静止、静止、静止。
结束悲剧才是永恒的美丽!

洁舲写于一九七六年春

秦非闭了闭眼睛,把纸条塞进牧原手中。他心里已经雪亮雪亮,完全明白了。洁舲的预感,一向强烈,一九七六年春,几个月前的事了!她早就写好了这张纸条,早就给自己准备了退路!她把纸条夹在三岛的书中,是因为她和他谈过三岛对死亡的看法,一种凄凉悲壮的美!如果她有朝一日,面临今天的局面,逃不掉生命加诸她的各种"无奈",而让所有"重建"的美丽都又化为丑陋。她会结束自己,她会去追寻那"永恒的美丽"!世界上只有一种"美丽"是"永恒"的,那就是在"风采消失前"的"死亡"。秦非呆怔了几秒钟,什么都不必怀疑了!洁舲连他会到三岛由纪夫的全集中来找她,都已经事先料到了!他回头去看牧原,后者的脸上已毫无人色,眼中充满了极端的悔恨、绝望和恐惧!他也懂了!

他终于也了解洁舲了!只是,恐怕他已经了解得太晚太

晚了!

"宝鹃!"秦非沙哑地喊了出来,"去查所有旅社投宿名单,虽然是大海捞针,总比不捞好!张嫂,去报警!再有,医院……医院……"他抓住了宝鹃,"宝鹃,如果她安心想死,她会采取什么方法?"

"静……静……"宝鹃的牙齿打着战,"静脉注射!"

是的,静脉注射!她早就学会了所有护士的专长!秦非放开宝鹃,冲到隔壁的配药间去。好半晌,他出来了,脸色如纸般煞白煞白。

"宝鹃,我们还剩多少瓶生理盐水?"他问。

"记录上不是有吗?"

"是的,我查了记录。少了一瓶!"他瞪着宝鹃,"一瓶生理盐水,当然还有注射针和橡皮管,另外,她带走了三克的P……!"

宝鹃的脸立即变得和秦飞一样惨白了。

"她带走了什么?"牧原睁大眼睛,急切而焦灼,"那是什么?毒药吗?"

"麻醉前用的引导剂!"秦非一下子就失去了全身的力量,他跌坐在椅子里,眼睛直勾勾地瞪着前方,脸上毫无表情。他的声音变得非常低沉,低沉得近乎平静,平静得近乎空洞,空洞得近麻木,"不必再慌乱,不必再找她了!她完了!她不会活着回来了。那药,只要用零点五克就足以让人入睡。她把三克加在生理盐水中注射,是连失误的机会都不给自己!假如她直接注射,这种药的药力太强,她很可能注

241

射到一半就睡着了,因而会注射不够量而被获救!假若用生理盐水,她可以只用半瓶水,那么,十几分钟之内,她就把一切都结束了。"他顿了顿,清晰地吐了出来,"死定了!我告诉你们,她死定了!"

牧原双腿一软,就跌倒在地毯上。挣扎着,他坐了起来,头在晕眩着,胃在翻腾着,心在绞痛着。他抓紧了一张椅子,手背上的青筋全突了出来,他用尽全身的力量,才吐出几句话:"或者,她还没有动手!只要找到她在什么地方,她总要……找一个地方动手!"

"对!"宝鹃急促地喊,"或者还来得及,只要她还没动手!查旅社名单!她一定会去投宿某家旅社……"

"来不及了!"秦非的声音仍然空洞,"全台北有几百家几千家旅社,来不及了!而且,她很可能不去旅社,而去个荒郊野外,风景优美的地方……"

"船!"牧原忽然大叫,从地毯上跳起身子,他发疯般地狂喊狂叫,"船!那条船!我们漆成白色,租来拍照的那条船!我们叫它洁舲号!"

秦非的眼睛蓦然闪亮了,这是发现失去三克P……之后,他第一次有了希望和力量。他也直跳起来,伸手一把捏住牧原的胳膊,几乎把他的骨骼都捏碎,他用震耳欲聋的声音,大吼着说:"在哪儿?船在哪儿?"

"青草湖!"

"先报警!"宝鹃喊,奔到电话机前面,先拨一一九专线,再拨青草湖管区警局。

然后,他们开了车,向青草湖飞驰而去。

他们没有猜错,洁舲确实租了那条全白的船,穿上她最美丽的、全白的衣服……一如展牧原给她拍的那张名叫"洁舲"的照片……只是,她没有打伞。她也带了好多白色的小花,只是,在白色小花中,还有大把大把紫色的花朵,租船的老板以为她又要拍照,记得她的道具都是白色,还问她那紫色花朵做什么用的,她笑着说了句:"世界上没有纯白的东西,纯白太干净。这是打破纯白用的。"她举起那紫色小花,望着那船老板说,"这种花……有没有一点像豌豆花?"

船老板笑着说"像",事实上,他根本弄不清楚,豌豆花是什么样子的。

就这样,洁舲穿着一身白衣,划着一条白船,带着许多白色和紫色的小花,还有一瓶生理盐水、三克的P……和静脉注射器具,上了这条通往另一个世界,另一个可能充满美丽、祥和、诗意、温柔、仁慈和爱的世界的小船。

船没入烟雾苍茫中,船老板还在想:"多么美丽的女孩!划船的样子像一张画!"

他们在黄昏时分才找到这条船。

洁舲躺在船中,面容十分平静,手里捧着花束,静悄悄的,就像是睡着了。静脉中的针头插得很准确,橡皮膏也固定得很牢。她把船桨竖起来,用绳子绑在桨槽上面,做了个临时的架子,生理盐水再绑在船桨上面,绳子及工具都是她带去的,她安排得非常细心和周到。那瓶生理盐水和里面的P……都早已注射得点滴不剩。

她的睫毛垂着,嘴角微向上卷,几乎是在微笑。落日的光芒染在她脸上,使她的面颊依然反射着红光,嘴唇依然红润,脸孔依然生动。她看起来好美好美,好宁静好宁静,好安详好安详。

她的花束下,压着一张纸,上面龙飞凤舞般、笔迹十分潇洒地写着:"我终于知道天堂的颜色了,它既非纯白,也不透明,它是火焰般的红。因为天堂早就失火了,神仙们都忙着救火去了,至于人间那些庸庸碌碌的小人物,他们实在管不着了。"

这是洁舲最后的留言,以她的笔触来看,她似乎只是在讲一个笑话而已。就像她唇边的那朵微笑,她仿佛温柔地在嘲弄着什么。无怨,无恨,也无牵挂。

展牧原一句话也不说,他注视着那小船,注视了好久好久。然后,他对着那小船慢慢地跪了下去,跪在那儿,动也不动,像一尊石像。

秦非站着,傲然挺立,他仰起头来,望着天空。

那是黄昏时分,天空被落日烧红了,火焰般的红,一直蔓延到无边无际。

——全书完——

一九八三年六月十四日凌晨初稿完成于台北可园
一九八三年八月廿八日深夜修正完成于台北可园
一九八三年十月四日夜再度修正于台北可园

编者按：洁舲自杀的药物，作者曾写出全名。经询专业医师，确能置人于死，为安全计，征得作者同意，删除药名，仅以"P……"代表。

（原版注）

（京权）图字：01-2024-1719

图书在版编目（CIP）数据

失火的天堂 / 琼瑶著. -- 北京：作家出版社，2024.10
（琼瑶作品大合集）
ISBN 978-7-5212-2884-7

Ⅰ.①失… Ⅱ.①琼… Ⅲ.①长篇小说-中国-当代 Ⅳ.①I247.5

中国国家版本馆 CIP 数据核字（2024）第 098315 号

版权所有 © 琼瑶

本书版权经由可人娱乐国际有限公司授权作家出版社出版简体中文版
非经书面同意，不得以任何形式任意重制、转载。

失火的天堂

| 作　　者：琼　瑶 |
| 责任编辑：张　平 |
| 装帧设计：棱角视觉　纸方程·于文妍 |
| 出版发行：作家出版社有限公司 |
| 社　　址：北京农展馆南里10号　　邮　编：100125 |
| 电话传真：86-10-65067186（发行中心） |
| 　　　　　86-10-65004079（总编室） |
| E-mail:zuojia@zuojia.net.cn |
| http://www.zuojiachubanshe.com |
| 印　　刷：北京盛通印刷股份有限公司 |
| 成品尺寸：142×210 |
| 字　　数：160千 |
| 印　　张：7.75 |
| 版　　次：2024年10月第1版 |
| 印　　次：2024年10月第1次印刷 |
| ISBN 978-7-5212-2884-7 |
| 定　　价：36.00元 |

作家版图书，版权所有，侵权必究。
作家版图书，印装错误可随时退换。

品琼瑶经典

忆匆匆那年

琼瑶作品大合集

1963 《窗外》
1964 《幸运草》
1964 《六个梦》
1964 《烟雨蒙蒙》
1964 《菟丝花》
1964 《几度夕阳红》
1965 《潮声》
1965 《船》
1966 《紫贝壳》
1966 《寒烟翠》
1967 《月满西楼》
1967 《翦翦风》
1969 《彩云飞》
1969 《庭院深深》
1970 《星河》
1971 《水灵》
1971 《白狐》
1972 《海鸥飞处》
1973 《心有千千结》
1974 《一帘幽梦》
1974 《浪花》
1974 《碧云天》
1975 《女朋友》
1975 《在水一方》
1976 《秋歌》
1976 《人在天涯》
1976 《我是一片云》
1977 《月朦胧鸟朦胧》
1977 《雁儿在林梢》
1978 《一颗红豆》
1979 《彩霞满天》
1979 《金盏花》
1980 《梦的衣裳》
1980 《聚散两依依》
1981 《却上心头》
1981 《问斜阳》

1981 《燃烧吧！火鸟》
1982 《昨夜之灯》
1982 《匆匆，太匆匆》
1984 《失火的天堂》
1985 《冰儿》
1989 《我的故事》
1990 《雪珂》
1991 《望夫崖》
1992 《青青河边草》
1993 《梅花烙》
1993 《鬼丈夫》
1993 《水云间》
1994 《新月格格》
1994 《烟锁重楼》
1997 《还珠格格第一部1阴错阳差》
1997 《还珠格格第一部2水深火热》
1997 《还珠格格第一部3真相大白》
1997 《苍天有泪1无语问苍天》
1997 《苍天有泪2爱恨千千万》
1997 《苍天有泪3人间有天堂》
1999 《还珠格格第二部1风云再起》
1999 《还珠格格第二部2生死相许》
1999 《还珠格格第二部3悲喜重重》
1999 《还珠格格第二部4浪迹天涯》
1999 《还珠格格第二部5红尘作伴》
2003 《还珠格格第三部天上人间1》
2003 《还珠格格第三部天上人间2》
2003 《还珠格格第三部天上人间3》
2017 《雪花飘落之前——我生命中最后的一课》
2019 《握三下，我爱你——翩然起舞的岁月》
2020 《梅花英雄梦之乱世痴情》
2020 《梅花英雄梦之英雄有泪》
2020 《梅花英雄梦之可歌可泣》
2020 《梅花英雄梦之飞雪之盟》
2020 《梅花英雄梦之生死传奇》